Zoé ❤ NY

Zoé ♥ NY

Ana García-Siñeriz

Jordi Labanda

DESTINO

DESTINO INFANTIL Y JUVENIL, 2012
infoinfantilyjuvenil@planeta.es
www.planetadelibrosinfantilyjuvenil.com
www.planetadelibros.com
Editado por Editorial Planeta, S. A.

© del texto: Ana García-Siñeriz Alonso, 2012
© de las ilustraciones de cubierta e interior: Jordi Labanda, 2012
© Editorial Planeta, S. A., 2012
Avda. Diagonal, 662-664, 08034 Barcelona
Diseño de cubierta y maquetación: Kim Amate
Primera edición: noviembre de 2012
Segunda impresión: enero de 2013
ISBN: 978-84-08-01365-5
Depósito legal: B. 22.192-2012
Impreso por Cayfosa
Impreso en España – Printed in Spain

El papel utilizado para la impresión de este libro es cien por cien libre de cloro
y está calificado como papel ecológico.

Este libro es de

....

Lo leí el .... de .... de ....

en ....

Me lo regaló ....

Cuando lo termines, elige una casilla:

☐ ¡Chulísimo! ¡Genial! ¡Me chifla!
(Ésta **ES** la buena.)

☐ Interesante, ¡ejem!
(Esto es lo que diría un crítico sesudo.)

☐ Me falta algo.
(Eso es que te has saltado páginas.)

☐ Para dar mi opinión, tendría que leerlo de nuevo.
(Buena idea. Empieza otra vez.)

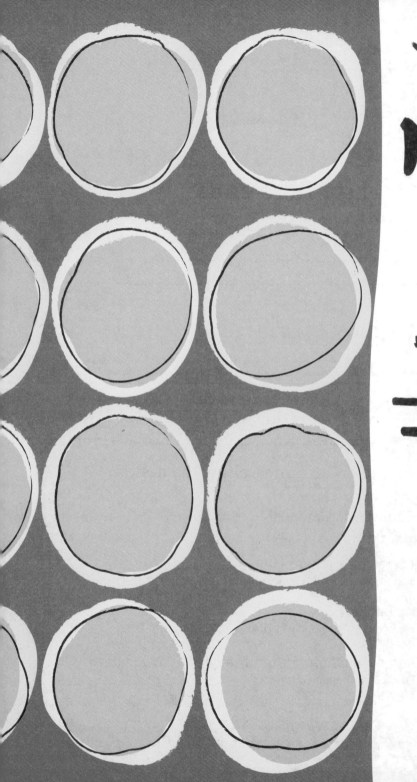

Hola, soy Zoé.

¿Te gusta mi nombre?

A mí, sólo a veces. En mi colegio me llaman **«zo-penca»** y **«zo-zo-zo-zombie»**. Muy originales, ¿verdad?

Si vamos a conocernos, mejor que me presente...

A veces saco *malas* notas. Y mi profesora se queja de que me distraigo con el vuelo de una mosca, pero es que me aburro en clase. Y es que

¿quién no se ABURRE allí?

Mi familia

mi madre →

← Yo

mi hermano Nicolás

Mi familia es algo especial.

Mis padres viven en **DOS** casas en **DOS** países diferentes,
y tengo una hermana a la que sólo veo de vez en cuando...
¡increíble!, ¿no? ¡Bueno! Ya te hablaré de ellos con
detalle *más* adelante.

Para empezar, te presento a mis amigos. ¡Juntos nos lo
pasamos GENIAL!

Somos La Banda de Zoé.

Y si quieres, tú también puedes formar parte de nuestra
banda, ¿eh?

Álex

Álex es nuestra especialista en todo lo que tenga que enchufarse...

¡es una *crack*!

Se llama Alexandra pero prefiere que la llamen Álex.

La conocí el primer día de clase. Me defendió en el patio del colegio y desde entonces somos

¡INSEPARABLES!

Le vuelven loca:

Las películas de aventuras, los cachivaches tecnológicos y los ordenadores.

Los pasteles y las chucherías... **¡es MUY golosa!**

No soporta:

Las faldas, las muñecas, la laca de uñas ni nada que sea de color ROSA.

De mayor:

Quiere ser campeona de Fórmula 1. O astronauta. O campeona de... **¡es incapaz de elegir!**

Ésta es Álex

Liseta es genial para los casos que necesitan de un poco de *intuición* femenina. ¡Ella la tiene toda!

Y además, en su bolso es capaz de encontrar lo que necesitemos en cada momento...
¡parece MÁGICO!

Le chifla:

¡La moda! Y *maquillarse* con las pinturas de su madre.

Aunque es guapísima y su pelo es rizado y precioso, sólo sueña con una cosa: tener el pelo LISO.

Detesta:

Hacer deporte, correr, sudar, despeinarse; que Álex le tome el pelo (y más si acaba de salir de la peluquería).

Marc

Marc es el *único* chico de nuestra pandilla.

En seguida se le ponen las orejas tan **ROJAS** como dos pimientos. Es muy inteligente. Tanto, que se hace el tonto para que no le llamen empollón. ¿Tú lo entiendes? Sus padres *tampoco* (sobre todo, cuando le dan las notas...

¡Uuuuuy!).

Éste es Marc

Le encanta:

Aprender, leer, saber...

Odia:

Marc no odia nada.
Pero parece que a él le odien
los lácteos, el gluten,
los perfumes, el chocolate...

¡es ALÉRGICO
a casi todo!

De mayor:

Quiere ser **ESCRITOR**.
Por eso acarrea una
mochila con libros que
nos ayudan en nuestras
aventuras.

Kira

Y *Kira* es mi *queridísima* perrita y miembro honorífico de La Banda de Zoé.

Parece un Labrador pero no es de raza pura. Amanda, la novia de mi padre, la llama **«CHUCHUS CALLEJERUS PULGOSUS».**
(Luego hablaré de Amanda... ¡uf!)

¡Ésta es KIRA!

Sus hobbies:

Perseguir a *Nails*,
el gato de Amanda.

¡Ah! y robar las chuletas
de ternera en cuanto se
descuida mamá.

Está en contra de:

Los perritos calientes
(por *solidaridad* perruna).

Y de que mamá la meta en la
bañera. Por eso, no la bañamos
muy a menudo. Mamá dice que
es una perra ecológica porque
es de *bajo mantenimiento*,
como su coche.

Y yo,
que soy **Zoé**

Me gusta:

Resolver misterios con
la Banda, los *pasteles* de
chocolate, abrir antes que
mi hermano el paquete de
cereales para quedarme con
el regalo, je, je...

**¡y pisar los *charcos*
sin mojarme los
calcetines!**

No me gusta:

Cortarme las *uñas* de los pies
(¡qué grima!), el pescado
con espinas, los domingos
por la tarde, ¡ni que se rompa
la mina en el *sacapuntas*
cuando afilas un lápiz!

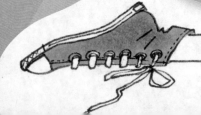

Vivo en las *afueras* de una ciudad con mi madre y Nicolás, mi hermano pequeño; **un pesado**.

Mamá es muy buena y nos quiere mucho. Trabaja en una organización que recoge perros abandonados (así encontramos a *Kira* cuando era un cachorro).
Y por eso nuestra casa está *llena* de animales. Y al lugar en el que me reúno con mis amigos lo llamamos **«el gallinero»**.

Y para entender a mi familia se necesita un árbol genealógico, por lo menos...

La Banda de Zoé
somos Álex, Liseta, Marc y yo.
(Bueno, y *Kira*...)

Nuestro cuartel general está en el gallinero. Allí nos entrenamos y estudiamos el *Manual del Agente Secreto para Principiantes* que ha escrito Marc (acaba de terminar el **CUARTO** tomo, y quiere que nos lo aprendamos de memoria. ¡Ya se lo sabe hasta Kira!).

Mamá sigue sin enterarse de nuestras andanzas. Pero gracias a la ayuda de mi hermana Matilde y de las apariciones inesperadas de papá... ¡no hay misterio que se nos resista!

Y nuestra siguiente aventura nos llevó de los rascacielos a los lugares más de moda persiguiendo a un misterioso y escurridizo personaje ¡que casi acaba con Central Park!

Oye, ¿tú entiendes de arte contemporáneo?

¡Álex tampoco! y ¡ya verás!

Un día en NY

¡Nueva York!

La ciudad de los rascacielos, la que nunca duerme... la gran manzana.

No, no estábamos soñando... ¡estábamos allí!

—Ha sido genial viajar sin tener que inventarnos nada y, por fin, decentemente vestidos —suspiró Liseta.

—Si a esto le llamas *vestido*... —dijo Álex señalando el modelito de Liseta.

Liseta se ofendió.

—¡Es la última moda en Nueva York! Aquí todo el mundo va como quiere. ¡Ummm!

Por una vez, no habíamos tenido que buscar excusas rarísimas para salir del gallinero, ni colarnos en el avión; habíamos viajado *oficialmente* como Marc, Liseta, Álex, Zoé... y *Kira*.

—Pero que nadie piense que estamos de vacaciones —dijo Marc.

—No, claro —dije—, tenemos mucho que hacer con todo este lío de que hayan elegido a Matilde musa* de la Gala de las Artes.

GALA DE LAS ARTES
en la Estatua de la Libertad
CON LA COLABORACIÓN ESPECIAL DE
Matilde
COMO MUSA DEL EVENTO.
Actuación especial de **French Connection**.
Dress code:
¡Lo más despampanante que se pueda!
Se ruega puntualidad. Por favor confirmar al 212 4567890

—Yo me encargaré de ayudarla con los periodistas —dijo Marc—. He escrito un nuevo capítulo en el *MASPP** sobre cómo tratar con la prensa.

—¡Y yo elegiré su vestuario! ¡Bueno, y el **MÍO**! —exclamó Liseta.

—Pues yo me ocuparé de que no falle nada de nada en la parte técnica, je, je... Me refiero al móvil; lo de quedarse sin batería es un rollo —dijo Álex.

Y yo... me encargaría de estar muy cerca de mi querida hermana y darle un gran abrazo cada mañana, porque mamá dice que el *apoyo emocional* es muy importante. Yo lo llamo abrazo, y punto.

Nueva York... Queríamos descubrir **TODA** la ciudad, empezando por...

—¡Central Park! —exclamé, entusiasmada—. ¡Mi parque favorito!

—Pues yo quiero ir al Museo de Historia Natural —dijo Marc.

—¡*Uf!* Yo estoy harta de huesos de dinosaurios... —susurró Álex, recordando viejas aventuras.

—Pues yo quiero ir a Barneys y a Nordstrom y a Bergdorf Goodman y a Henri Bendel y a Macy's y a Jeffrey y a Bloomingdale's y... ¡a Saks Fifth Avenue! —exclamó Liseta, terminando CASI sin respiración.

¡¡¿QUÉEEE?!!

—¿Qué es todo eso? ¿Un trabalenguas?* —preguntó Álex.

—Pero cómo, ¿no conocéis los lugares más importantes de Nueva York? —preguntó Liseta—. Son grandes almacenes —explicó—. Y luego os las dais de cultos... ja, ja.

Álex la miró alucinada y Marc no quiso darse por aludido.

—Algunos tienen más de CIEN años de antigüedad —continuó Liseta— pero dentro... ¡sólo hay ropa de **ÚLTIMA** moda!

Marc escuchó risueño los argumentos de Liseta.

—Voy a tener que ponerme al día... ¡Salgo a comprar una guía de Nueva York!

Que Liseta supiera más de algo que él... ¡nunca!

Las notas de Marc

Nueva York en cifras

8.500.000 personas viven ahí.

24 dólares es la cantidad por la que Peter Minuit compró la isla de Manhattan a sus habitantes, los indios Lenape.

5 Distritos: Bronx, Queens, Manhattan, Brooklyn y Staten Island.

24 horas son las que funciona el metro.

1624: año en que se fundó la ciudad.

170 lenguas son las que se hablan en la ciudad, y todas diferentes.

*Trabalenguas

Grupo de palabras difíciles de pronunciar que sirve de juego para que alguien se equivoque.

¡A ves si consigues decir estos trabalenguas sin equivocarte!

> El perro de San Roque no tiene rabo porque Ramón Rodríguez se lo ha cortado.

> Pablito clavó un clavito. Un clavito clavó Pablito. ¿Qué clavito clavó Pablito?

*Musas

Antiguas diosas que vivían en el Parnaso e inspiraban a los poetas.

*MASPP

Manera de hablar y escribir, acortando términos largos y usando sus siglas; en este caso *Manual del Agente Secreto para Principiantes*.

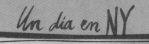

¡Oh, Cuore tuyo!

MATILDE,
LA ESTRELLA DE LA FIESTA

La cantante de **French Connection** será la gran estrella de la Gala de las Artes que, este año, se celebrará en la Estatua de la Libertad.

El conocido escritor y coleccionista de arte **Henry Goodman** está a cargo de la organización de este fastuoso evento: el acontecimiento social de la temporada en N. Y.

¡Por fin veremos brillar de nuevo a Matilde!

¿Irá acompañada de Paul?
Esperamos que SÍ.

Marc ve visiones

Marc tardó en volver con su guía de Manhattan lo que Álex en vaciar el minibar.

¡¡¡SCHHHCRUMMPF, SCHHCRUMPFFF!!!

Y regresó como un torbellino. ¡Algo le había alterado muchísimo!

—¡Tu madre está aquí! —exclamó, entrando casi sin aliento.

—¿Mi madre? —preguntó Álex extrañada—; pero si he hablado con ella esta mañana... Estaba *hackeando* el microondas. ¡Es imposible!

—Claro que es imposible —replicó Marc—, porque no era la tuya, sino la madre de Zoé.

Me volví hacia Marc, sorprendida. Decir tonterías NO era algo habitual en él. ¿Le habrían sentado mal los excesos del *buffet** del desayuno? Había sido difícil resistirse, je, je.

—¿Mi madre? —pregunté—. ¡No puede ser! Si se despidió de mí hace dos días. Desde mi casa, claro.

—Te aseguro que era tu madre. ¡La he visto... como te estoy viendo a ti!

Marc tenía que haberse confundido.

Justo ese día, Nic tenía que recoger un premio. Además de ser un experto en pronunciar «galletas», había aprendido a deletrear otras palabras... Resultado: se habían quedado en casa. Y nuestro viaje había sido, como diría Marc, *legal*.

Pero Marc seguía empeñado. Según él, mamá *estaba en Nueva York*.

28

—Espera, vamos a comprobarlo —le dije—. Viene en el *Manual del Agente Secreto para Principiantes, Tomo 4*, ¿no?

Marc asintió con la cabeza.

—«Capítulo 11: Comprobaciones de rutina, que casi siempre son las buenas. Primer párrafo: Preguntar.»

Liseta me pasó el teléfono. Marqué el número de casa y esperé.

—¿Diga? —respondió mamá.

—Hola, mami, soy Zoé.

¡Qué maravilla escuchar su voz! Sentí como ella también sonreía al otro lado.

—¡Hola, cariño! —me saludó.

—¿Estás en casa? —pregunté.

Y antes de que me respondiera, un grito atravesó el auricular del teléfono y retumbó en la habitación del hotel:

«¡¡¡Mamiiiiii, no quedan galletaaaaaaas!!!»

—Chicos —dije, volviéndome hacia La Banda—, mamá está en casa. Y Nic también. Y creo que con hambre... después de su premio.

—¡Pues claro que estamos en casa! —respondió mamá—. Si estás llamando al fijo y te respondo, ¿dónde quieres que esté?

Marc me miró como diciendo: «¡Te juro que la he visto!».

Al otro lado del teléfono, mamá preguntó si todo iba bien.

—Sí, perfecto; no te preocupes, sólo que tengo un amigo que ve visiones... je, je.

La Banda sí estaba en Nueva York, pero mamá...

¡IMPOSIBLE!

*Buffet

Comida o desayuno en el que se presentan todos los platos en una mesa y cada comensal se sirve lo que quiere. ¿Sabes lo que significa eso? Que La Banda se pone las botas...

¡ñam, ñam!

La "doble" de mamá

Un buen rato después, Marc seguía insistiendo.

—Sé que no me creéis, pero la he visto.

Álex le escuchaba con los cascos puestos. Liseta se limaba las uñas. Yo no dije nada pero mordí una galleta; echaba de menos a Nic. *Kira* bostezó.

—Era tu madre —insistió—. Con su mismo pelo. Sus mismas gafas. Su mismo... *ejem*... despiste.

—Ya, ya —dijo Liseta—; despiste, tú.

—Ella también me vio y, aunque le hice señas, ¡me miró como si no me conociera **DE NADA**!

Liseta levantó la cabeza riéndose.

—Eso es porque no querría que la vieran contigo —dijo—, con esa mochila vieja y cargada de libros *apolillados*, no me extraña.

—A la madre de Zoé no le importan esas tonterías —replicó Álex—; la próxima vez hará como que no te conoce a ti.

—Esa explicación es ridícula, Liseta, entre otras cosas porque la madre de Zoé estaba en una librería —apuntó Marc.

—Ya vale, ¿no? —exclamé—. Tenemos que resolver este misterio **SIN** pelearnos. No puede ser mamá, pero...

Y, de repente, la palabra «librería» encendió una lucecita en mi cerebro y no grité «¡Eureka!» de milagro. ¡Claro! **¡Marc tenía razón!**

¿Me estaría volviendo tan despistada como mamá?

—¡Rápido, Marc, te voy a llevar a donde está mi *madre*!

—Así que tengo razón —dijo Marc.

—Sí, pero yo también.

Salimos del hotel y atravesamos la ciudad en taxi hasta llegar a una de las calles que dan a Central Park.

—¡Fue aquí! —exclamó Marc.

Señaló el escaparate de una peque-ña librería de las que me gustan a mí, con un platito de agua para perros *lectores* en la entrada, libros bonitos y sillones muy blanditos para sentarse y disfrutar de un buen libro (antes de pagarlo, je, je).

—Mirad y decidme que no es la madre de Zoé —insistió.

Liseta y Álex pegaron sus narices al cristal.

—Zoé, es increíble pero ¡si **ES TU MADRE**! —gritaron.

Sonreí, empujé la puerta y entré.

Mamá estaría en casa con Nic (probablemente, *en ese momento*, mezclando mantequilla con harina y huevos para hacer galletas) y, en la librería, en Nueva York, estaba... la hermana **GEMELA** de mamá: mi tía **LOU**.

Misterio resuelto.

¿No os había contado ya que mamá tiene **SEIS** hermanas? Y todas, muy viajeras.

¡A veces resulta tan complicado seguir la pista de toda mi familia!

Pero entonces, mis amigos descubrieron algo más.

—Zoé, la de la librería es tu tía, pero ¿cómo puedes estar **TÚ** dentro y fuera a la vez?

Eso también tenía una explicación...

34

La "doble" de mamá

Kira
Mamá
Papá
Amanda
Nic
Matilde
Lou
Paul
Zía
Leyla
Velvet
Pink
Lisa
Blackie
Lara
Royal
Mika
Lola
Angelina

La libreta de Zoé

Mi árbol genealógico

¡Vaya lío de Zoés!

—¿Zoé? —preguntó tía Lou cuando entré a abrazarla—. ¡Cuánto has crecido! Pareces un espárrago, ja, ja. ¿Qué haces aquí? Típico de la despistada de tu madre, se le olvidó avisarme, ¿no?

Tía Lou y mamá son idénticas... también en el *despiste*. Mamá no sabe dónde tiene la cabeza, y tía Lou, tampoco.

—¿Zoé? —preguntaron también Álex, Marc y Liseta, pero no a mí, si no a la otra «Zoé».

—¡No soy Zoé, soy Zía! Y, como podéis imaginar, soy la prima de Zoé.

Mis tres amigos nos miraron alucinados. (¿De verdad somos tan iguales? Yo creo que no.)

—¡Vaya lío de «Zoés»! —exclamó Álex mirando primero a una y luego a la otra.

Mi prima se rió.

—Bueno, mi nombre es Zía, no Zoé, y aparte de en **TODO**... nos parecemos en casi **TODO**.

—¡Zoé, es **IGUAL** que tú! —exclamó Álex.

—No, *ella* es igual a mí —dijo Zía riéndose—; porque yo nací antes, ¿verdad, primita?

—Me parece que ahora *sí* que estoy viendo visiones —se rió Marc—; es como mirar a ambos lados de un espejo... ¡Aaah!

Mientras, Liseta se había sentado en uno de los sofás, con su típica cara de mareo.

Y yo... ¡qué alegría encontrarme con mi prima! Y encima, en Nueva York. Es lo bueno de tener una familia como la mía, que vayas a donde vayas, siempre hay alguna tía, o primo, ¡o incluso hermana!

Tía Lou estaba muy emocionada porque en dos días tendría lugar un gran acontecimiento:

—¡El escritor más famoso del **MUNDO** va a venir a firmar sus libros **AQUÍ**!

Zía sonrió.

—Es increíble que ese **GOODMAN** sea el que más vende... si siempre está esquiando, o en alguna entrevista en la tele, o inaugurando alguna exposición... ¡No puede darle tiempo a escribir nada!

—¡Uy! A mí me encanta —exclamó Liseta—, tengo todos sus libros: *Cómo ser una chica Top en diez minutos*, *Come, bebe y ronca a pierna suelta* y el último, *La caridad empieza por uno mismo o...*

—... *cómo forrarse haciendo el bien a diestro y siniestro*. Es algo más flojo, pero también es un éxito —dijo tía Lou—. A ver dónde lo tengo, tiene que estar por aquí...

Tía Lou rebuscó en la trastienda hasta que lo encontró y nos trajo un ejemplar.

—¡Se venden como churros! —exclamó.

Henry GOODMAN

La caridad empieza por uno mismo

Best seller

YATE DIGO Publishers

Marc lo miró con interés por ambos lados. ¡Mmmm!, libros, ¡su *merienda* favorita!

Entonces detuvo la mirada en la foto del autor, Mr. Goodman.

—¡Anda! ¿Éste no es el que organiza la gala de Matilde? —preguntó.

—Me parece que sí —dije.

Mr. Goodman sonreía, un poco bobalicón, desde la contracubierta del libro en manos de Marc.

Henry Goodman (Baltimore, 1954)
caballero tan cultivado y ecuánime
tento con su madre. Amado
do por sus lectores de

Pero no todo eran buenas noticias ni escritores millonarios gracias a las ventas. De hecho, había una muy mala.

—También dentro de dos días —nos contó la tía Lou— se decide si ese terrible proyecto de construir doce mil apartamentos en Central Park se hace realidad.

¿Cómo? ¡No podía ser!
¿DOCE MIL apartamentos en Central Park?
¿Construir casas dentro del parque?

—La gente no quiere, pero la empresa constructora presiona... —dijo Zía—. Hay una periodista muy famosa que dice que tiene una **EXCLUSIVA*** importantísima sobre el tema, pero no suelta prenda.

¿Qué era todo aquello? ¿Escritores súper ventas? ¿Exclusivas? ¿Apartamentos? ¡Un verdadero LÍO!

Marc estaba a punto de que le diera un ataque de alergia... ¡al ladrillo!

*Exclusiva

Una noticia que sólo tiene un periodista, un programa o un medio de comunicación. Como cuando tú le cuentas algo (en secreto) a tu mejor amiga. Si ella lo cuenta, tiene la «exclusiva» (pero se queda sin amiga).

Los trucos de Álex

¿Crees que lo sabes todo sobre los libros?

Cubiertas

Las partes de fuera, las tapas. Suelen ser de un material más duro que el papel del interior. A la de delante se le llama *cubierta* y a la de detrás, *contracubierta*.

Solapa

Nada que ver con la de las chaquetas de la ropa, aunque se parecen. Ahí se escribe la lista de otras obras o información sobre el libro o el autor. En la nuestra, ¡salimos nosotros!

Lomo

La parte donde se sujetan las hojas (nada que ver con el «Lomo a la jardinera», je, je).

Las notas de Marc

Central Park

Es uno de los parques más bonitos del mundo. Está en el centro de Manhattan y es muy grande: tiene 340 hectáreas (que son como 340 campos de fútbol juntos).

En su interior hay un gran lago, un estanque, otros pequeños depósitos de agua, praderas de césped e inmensos árboles, además de ardillas, hurones y otros pequeños mamíferos. ¡Puedes encontrar hasta un zoo!

Casi cuarenta millones de personas lo visitan cada año. Es el parque de **TODOS** los neoyorquinos, y de los que no son de allí.

Tía Lou

Parentesco
Tía de Zoé
(hermana gemela
de su madre).

Rasgo familiar
Despiste total.

Le gustan
Los libros.

No le gustan
¡Ah! pero ¿hay algo
que no le guste?

Zía

Parentesco
Prima de Zoé,
hija de tía Lou.

Semejanzas con Zoē
Exteriores e interiores,
¡todas!

Diferencias con Zoē
Una Í y una A de... ZÍA.

Le chifla
¡El chocolate!
(como a Zoé, ¡claro!)

Inmoforring al ataque

Marc seguía con el libro de Henry GOODMAN en la mano, mientras todos escuchábamos, atónitos, la historia de tía Lou y Zía.

—¡Es increíble! —exclamé—. ¿Construir casas en Central Park y destruir el parque, el estanque, los columpios, incluso el zoo?

Zía asintió con cara de desolación. Nos dejó con tía Lou mientras ella iba al almacén.

—¿Y adónde van a ir los patos* del estanque? —preguntó Marc.

—¿Por qué te preocupas *sólo* de los patos? —preguntó Liseta.

—Marc se refiere a un libro maravilloso —apuntó tía Lou—. Déjame buscar otra vez, a ver si lo encuentro. Si siempre tengo uno a mano...

Tía Lou rebuscó en las estanterías de la librería mientras Zía llegaba con una jarra de zumo de naranja natural y un plato rebosante de pastelitos de arándanos.

—Los he hecho yo misma —apuntó sonriente— gracias a mi libro de recetas.

¡Su librería me encantaba! Allí podías encontrar de **TODO**, y viajar, preparar dulces deliciosos o leer las historias más increíbles... sin salir de ella.

Liseta y yo nos lanzamos sobre los pastelitos mientras Marc abandonaba la habitación con cara de pena y Álex se enfadaba cada vez más.

—¡La pista de patinaje de Central Park! —rugió.

—Es una pena —dijo Liseta—, pero los apartamentos deben de ser ¡súper guays! —Todas las cabezas se volvieron hacia ella—. ¡Era una broma! Je, je...

Zía siguió con las explicaciones:

—La empresa **INMOFORRING** debe de ser muy poderosa porque ya sólo les falta un papel para poder empezar con las excavadoras.

Álex, Liseta y yo nos miramos preocupados, pero tía Lou nos tranquilizó.

—Afortunadamente, el alcalde se ha negado ya **CINCO** veces a conceder ese papel... ¡la gente no quiere!

—Es nuestra única esperanza —añadió Zía—. Mientras él esté al mando, no podrán seguir adelante con el plan.

¡Menos mal!

—Por cierto, ¿dónde está Marc? —preguntó Liseta—. Hace rato que no lo veo...

¡¡¡BROOOMMMMM!!!

Un estruendo enorme nos guió hacia el almacén.

—¡Quería coger el libro de los patos y he perdido el equilibrio! —exclamó Marc. Su pierna (y su cabeza, ¡uf!) sobresalían bajo una *montaña* con las obras completas de Henry GOODMAN, el escritor más vendido del mundo.

Todos nos reímos al ver a Marc sepultado bajo una pila de sus libros... ¡Para que luego diga que no hay lecturas *peligrosas*!

Residencial
IMMOFORRING
STATES

¡VIVA EN EL MEJOR NUEVA YORK!

Pisos de auténtico lujazo en el corazón del parque.

RESIDENCIAL TOTALMENTE PRIVADO

Prohibido TODO a niños, perros y patos ajenos a la propiedad.

Rascacielos de 200 plantas con las **MEJORES VISTAS** de **CENTRAL PARK**, porque están **DENTRO** de **CENTRAL PARK**.

Trasteros alicatados hasta el techo.

¡Deje su megayate en el lago privado de la urbanización!

UN LUJO IMPOSIBLE DE ALCANZAR... ¡A MENOS QUE SE COMPRE UNO DE NUESTROS APARTAMENTOS!

PORTERO
DOBLA-ESPINAZO

Misiles
antipalomas

GARAJE PARA
COCHAZOS

Por tan sólo
$12.000.000.000.000.000

¡¡UNA GANGA!!

Las notas de Marc

*¿Adónde van los patos de Central Park cuando se hiela el lago?

Es una de las preguntas que, en sus peripecias por Nueva York, se hace Holden Caulfield, el adolescente protagonista de *El guardián entre el centeno* de **J. D. Salinger**.

Éste es uno de esos libros maravillosos que hay que leer (cuando seas mayor, ¿eh?) al menos una vez en la vida.

La libreta de Zoé

Los pastelitos de arándanos de Zía

Ingredientes:

2 tazas de harina
1/2 taza de azúcar
Una pizca de sal
2 cucharaditas de levadura
Medio paquete de mantequilla fresca (125 gr)
Nata líquida (125 ml)
Nata montada
Arándanos o fresas, o frambuesas...
lo que más te guste.

Preparación:

1. Con la ayuda de una persona mayor pon el horno a calentar a 180º.
2. Coloca un papel de horno en la bandeja de las galletas.
3. Mezcla todos los ingredientes menos la nata montada y las frutas.
4. Corta la masa en círculos de dos centímetros de espesor y ¡al horno! Después, déjalos enfriar y córtalos por la mitad, como para hacer un bocadillo. Rellénalos con la nata y las frutas, pon la tapa encima y... ¡chúpate los dedos!

Matilde, en la tele

Sacamos a Marc de debajo de la montaña de libros en un periquete. Su *accidente literario* sólo le había dejado un pequeño chichón.

—El libro de ese Goodman es un auténtico *ladrillo* —se rió.

La palabra «ladrillo» era perfecta para resumir el problema que amenazaba a tía Lou... y al resto de los habitantes de Nueva York. Así que volvimos al hotel dándole vueltas al asunto. ¡Hacer casas en Central Park! Menos mal que quedaba alguien sensato para detener un plan tan absurdo: el alcalde.

Ya en nuestra habitación, Liseta aprovechó el momento para recordarnos para qué estábamos realmente en Nueva York.

—¡A Liseta sólo le importan los modelitos y las fiestas *chic*! —exclamó Álex—. Y a los patos del parque, que los *fríen en aceite hirviendo*...

—¡No es cierto! —se defendió Liseta—. Me importan los niños, y los árboles del parque... y hasta los patos esos del estanque, siempre que no se me acerquen. Pero recordad: *La caridad empieza por uno mismo.*

—Empiezo a estar harto de ese libro —dijo Marc, tocándose el chichón.

Entonces entró Matilde, tan radiante y guapísima como siempre.

—¿Y esas caras tan largas? —preguntó, al vernos tan alicaídos.

La pusimos al día rápidamente de todo: de lo de Marc viendo *madres* de Zoé por todas partes, de la firma de libros de tía Lou y hasta de lo de la amenaza del parque.

—¡Qué locura! —dijo—, y eso que sólo lleváis un día aquí. Pues yo ya tengo la primera misión para vosotros. —Sonrió—. ¿Conocéis el programa de Moira MORE, *Aquí te pillo, aquí te mato*?

Desgraciadamente, sí.

—¡Pero si es el peor programa de la tele del mundo mundial! —exclamó Álex.

—Bueno —puntualizó Liseta—, será el peor, pero ése y el de Lena LESS son los que más audiencia tienen.

—Pues eso —dijo Álex—, ¿te suena lo de «mil millones de moscas no pueden estar equivocadas»?

Matilde volvió a hablar.

—Quieren que vaya a hablar de la gala. Tengo que acompañar a Henry Goodman, que es quien da la fiesta.

—Él siempre dice que *La caridad empieza por uno mismo* —dijo Álex—, así que ahórrate la visita a ese programa de pacotilla, Matilde, *please*...

Liseta no estaba de acuerdo en absoluto.

—¡La tele —exclamó— es **GENIAL**! Cámaras, maquillaje... «Un, dos tres, ¡grabando!» ¡Un sueño!

—Mucho ojo con Moira —aconsejó Álex—, se hace la simpática pero gasta bromas de lo más pesadas a sus invitados.

—¿Y creéis que eso me preocupa, teniéndoos a vosotros? —dijo Matilde, guiñándonos un ojo—. Además, tengo refuerzos: en un rato llega Paul.

¡No nos preocupaba nada! (Bueno, quizá un poco.)

Acompañar a Matilde a *Aquí te pillo, aquí te mato* sería nuestra primera misión en Nueva York.

¡Y cuidado, Moira, con pasarte ni un pelo con nuestra querida Matilde!

Kira ladró.

¡GUAU, GUAUUU!

(Quería decir: «Yo, para merendar, además de un bol de pienso, ¡me tomo un par de Moiras!».)

Henry Goodman

Profesión
Escritor súper ventas.

Características
Ubicuidad,
¡está en todas partes!

Odia
A los otros escritores.

Ama
El olor de la tinta fresca por la
mañana (y el de las palomitas
con mucha mantequilla).

Libros
*Cómo ser una chica Top en diez
minutos, Come, bebe y ronca a
pierna suelta* y, el último,
*La caridad empieza por uno
mismo* (N.º 1 en ventas).

¡Oh, Cuore tuyo!

AQUÍ TE PILLO, AQUÍ TE MATO...

¿AQUÍ SE ACABA?

K.O.

Malos tiempos para el programa estrella de la CEBEESTE.

«Una mala racha la tiene cualquiera... ¿o no?», dice su presentadora, **Moira MORE**. Pero lo cierto es que el programa de **MM** no levanta cabeza: las últimas entrevistas a una joven que habla con Napoléon en sus ratos libres y a un adivino (que no adivinó ni la adivinanza de *«Este banco está ocupado por un padre y por un hijo, el padre se llama Juan y el hijo ¡ya te lo he dicho!»*) la han condenado a un humillante segundo puesto por debajo de su joven competidora **Lena LESS**.

Moira necesita una exclusiva YA.

¿Es éste el final de nuestro querido programa?

Una visita de cortesía

El programa de Moira se emitía desde los sótanos de un lugar mítico: el edificio Dakota.

—¡Es un lugar de leyenda! —dijo Marc—. Aquí han ocurrido *montones* de cosas.

—¿Y viven muchos famosos? —preguntó Liseta.

—Sí, pero además, entre sus paredes revolotean espíritus malignos... ¡Uuuuuh!, es un edificio *escalofriante*.

Nos llevaron hasta allí en una furgoneta muy chula. Una chica nos esperaba en la puerta y nos metió, a toda prisa, en el ascensor.

—¡Rápido, rápido! La señora MORE está enfadadísima. Anoche bajó de audiencia **OTRA** vez, y volvió a ganar su competidora, *o sea*, Lena LESS. ¡*O sea*, que está que trina!

—Vale —dijo Álex—, y eso a nosotros, ¿en qué nos afecta?

—Pues que hoy tenemos que ganar a Lena a cualquier precio. *O sea*, que puede pasar **CUALQUIER** cosa.

¡GLUPS!

Matilde suspiró. Aunque Moira a mi hermana no le diera miedo... a mí, sí.

Nos estrujamos todos en el ascensor para bajar hasta el sótano cuando, de repente, una tromba rubia se nos abalanzó sin contemplaciones. ¡Y un pestazo a perfume inundó el ascensor!

—Pero ¿qué demonios hacéis vosotros aquí?

—¡Amanda! —saludó Matilde—, qué amable de tu parte interesarte por nosotros...

—¡Uy! Hola, *queridita*, si estás tú también. No te había visto entre tanto *pigmeo*.

—¿Y tú? —preguntó Álex—. ¿Qué haces aquí?

—Yo **VIVO** aquí, piojillo —le respondió Amanda—, cerca de mi amiga MOIRA. Aunque demasiado cerca, para mi gusto.

—¡Uy! —dijo Álex—, pero ¿tú tienes amigas?

—Ja, ja, cada día más graciosa —se rió Amanda—. Veo que sigues inmune a las modas y con una grave adicción al chicle. Muy *mal*...

¡¡POP!!

¡Álex explotó un globo enorme delante de la cara de Amanda!

Marc aprovechó para darse la vuelta y taparse la nariz con un pañuelo. Empezaba a sentir el clásico cosquilleo, efecto de su alergia a Amanda.

El ascensor llegó al último piso. Nos había hecho subir, en vez de bajar.

—Ésta es mi parada, moléculas. Ya sabéis que siempre me ha gustado estar en lo más alto. ¡Venga!, ya que estáis aquí, entrad y así me bajáis la basura.

—¡Ni hablar! —dijo Álex.

—Por favor... —pidió Liseta—.

Me muero por ver su *penthouse.**

¡En fin! Aunque sólo fuera por complacer a Liseta, entramos, dejando muy claro que BASURA, NO, GRACIAS.

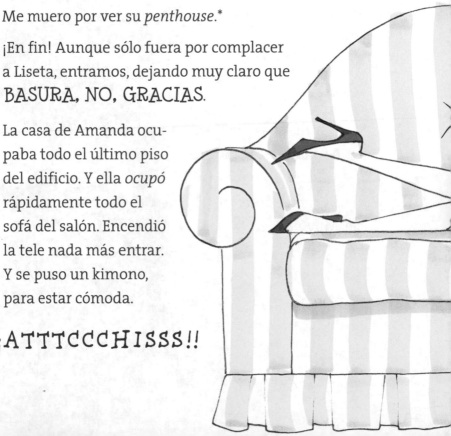

La casa de Amanda ocupaba todo el último piso del edificio. Y ella *ocupó* rápidamente todo el sofá del salón. Encendió la tele nada más entrar. Y se puso un kimono, para estar cómoda.

¡¡ATTTCCCHISSS!!

Eso eran Marc y sus estornudos.

Su *Amanditis aguditis* se volvía aún más *aguditis* en la guarida de Amanda.

—Bueno, Zoé —dijo Amanda viendo la tele—, ¿cómo estás? ¿Qué tal está tu *queridísimo* papá?

Nada más preguntar, Amanda cogió un bombón de una caja y se lo metió en la boca... sin ofrecernos a nosotros, ¡qué maleducada!

—¡Está muy bien! —respondí—. De hecho, no me extrañaría que nos lo encontráramos por Nueva York. Sé que tiene cosas que hacer por aquí.

Amanda se animó súbitamente y se incorporó empujando a *Nails*, que saltó del sofá con un maullido.

¡¡¡MIAU!!!

—¿Ah, sí? ¿Y *qué* cosas? —preguntó.

—Pues...

¡¡¡ATTTTTCHHISSSS!!!

¡El efecto Amanda! Marc se estaba poniendo malo. Los ojos le lloraban y sus orejas (su indicador de alergias) estaban más rojas que nunca.

Amanda pasó de mí a Marc y de Marc al volumen del televisor.

—¡Cerrad el pico un momento! —nos ordenó.

> «... El alcalde fue visto por última vez en compañía de la señora Amanda Sigaret en la inauguración de una mega tienda de chucherías en Madison Avenue, donde degustaron a dos carrillos grandes cantidades de gominolas...»

—¡Están hablando de mí! —exclamó aplaudiendo.

> «... y un par de garrafones de refrescos azucarados. La **DESAPARICIÓN** del alcalde...»

—¡**ESCUCHAD!** —dijo Marc, casi llorando (de la alergia, que no de alegría).

«... **deja el campo libre a la promotora InmoForring, que ya ha anunciado que comenzará a construir en el parque de Central Park en...**»

—**TREINTA Y SEIS HORAS** exactamente —señalé, descontando el tiempo que había pasado desde que nos lo dijera tía Lou.

—¡Eso es muy poco tiempo! —dijo Marc—.

¡¡¡ATTTTCHIIIIIIIIIIIIIIIIIIISSSSS!!!

Amanda se levantó del sofá.

—Vais a tener que marcharos —nos anunció—. Ese tonto del alcalde se deja secuestrar cuando más lo necesito.

—¿Y por qué das por hecho que ha sido secuestrado? —preguntó Liseta.

—¿Qué andas diciendo, *mini yo*? —preguntó Amanda—. Ese *mentecato* había prometido acompañarme a la inauguración de esta noche. ¡Va a ir **TODO** el mundo! Todos, menos él...

—¿Y...? —insistió Liseta.

—Que no se lo perdería por **NADA** del mundo. Es un gran **COLECCIONISTA** de arte, y quiere un cuadro para su colección. Bueno, lo quieren él, Mr. Goodman y otros tres coleccionistas **SÚPER IMPORTANTES**. Supongo que ahora se lo quedará uno de los otros **CUATRO**.

Amanda nos empujó hacia la puerta.

—Hala, a dar la tabarra a vuestra tía esa, la de la librería hippy.

—Se llama Lou y su librería no es hippy —dije, ofendida. ¡Que no se metiera con nadie de mi familia!—. Bueno, un poco sí... —reconocí, porque si era hippy, ¡mejor!

Pero Liseta no había terminado:

—Perdona, Amanda —interrumpió cortésmente—, esa inauguración ¿no será la de Bill Brochagord'?

—Correcto —respondió Amanda—. Pero ¿tú sabes algo de arte, *monicaca*?

—No, pero de famosos y fiestas sí que sé...

—Pues ¡hala! —nos echó Amanda—, despejad, que tengo que prepararme para estar *diviiiiiina*. Porque yo tampoco tengo ni idea de arte, pero habrá coleccionistas, je, je, y cuando digo coleccionistas quiero decir **¡¡MILLONA-RIOS!!** ¡Y yo ya tengo echado el ojo a **UNO** de ellos! ¡Oooops! No le digas nada a tu papá, ¿eh, *darling*?

¡PUAGHHHHH!

Y para terminar, Amanda nos puso de patitas en la calle; o más bien, de patitas en el ascensor.

Las notas de Marc

¿Sabías que...?
El edificio Dakota

Se construyó en 1884 y, originariamente, tenía pista de tenis, jardines y, bajo el tejado, un gimnasio y una sala de juegos. Está en la esquina de Central Park West y la calle 72. En la entrada tiene la efigie de un indio Dakota, aunque el nombre de Dakota se lo debe a su primer propietario, al que le gustaban los estados del nuevo Oeste, como Dakota (y no porque esa parte de Nueva York estuviera tan lejos del centro como el estado del mismo nombre).

Allí viven y han vivido muchas celebridades, entre ellas, el músico John Lennon.

La libreta de Zoé

EL ARTE CONTEMPORÁNEO

Qué es un coleccionista
Una persona a la que le gusta coleccionar objetos, en su mayoría, obras de arte.

Qué es una galería
Un lugar en el que se exponen las obras de arte y se venden a los coleccionistas y aficionados.

Qué es el arte contemporáneo
¡Glups! El arte del momento (quiere decir que en cada momento, lo *contemporáneo* es distinto). Consideramos arte contemporáneo el arte creado de 1945 en adelante (después de la segunda guerra mundial).

Querido diario:

Nails está terriblemente caprichoso últimamente. No se deja poner los rulos, ni alisar el pelo, ni siquiera cortar las uñas... Creo que su lado de gato salvaje está saliendo a la luz.

* Llevarle al zoo para que charle con los tigres y los leones, a ver si se le pasa.

¡Uf!, y hoy he visto a esa panda de críos apestosos.

* Decir al conserje que no les vuelva a dejar subir hasta mi superático.

* Decir a G que sea más discreto... Moira está detrás de otra exclusiva.

* Recordar: gimnasio, salón de belleza, spa y shopping.

¡Qué dura es la vida de una socialite!*

Fdo. Amanda Sigaret

¡Atención, *fashionistas*!

Socialite
Personaje que sale en las revistas femeninas continuamente (y si no, le da un *patatús*).

Penthouse
Último piso, ático, en inglés.

¡El alcalde había desaparecido!

Y Amanda daba por hecho que había sido contra su volun-
tad. ¿Tendría ella algo que ver? Qué casualidad que fuera
la **ÚLTIMA** persona que lo había visto...

Ahora sí, ¡Central Park estaba en peligro! Tendríamos que
hacer algo, pero lo primero era lo primero: Matilde nos esperaba en el programa de Moira MORE.

De vuelta en el ascensor, encontramos a la misma chica.

—Qué poco habéis tardado.

—Es que no podíamos dar plantón a Moira —dijo Liseta
para justificar nuestra expulsión.

La chica del ascensor esperó a que se cerraran las puertas
del ídem para meter baza.

—Esta señora está un poco majara, ¿no?

—¿Quién, Amanda? ¿Por qué lo dice? —preguntó Liseta
educadamente.

—Nooo, *o sea*, por nada.

Silencio. Bajamos dos pisos todos callados.

—Bueno —dijo la chica—, digo lo de que está un poco mochales porque nunca saca la basura y debe de tener ya como, *o sea*, ocho toneladas en bolsas herméticamente cerradas dentro de su casa. *O sea*.

Silencio. Bajamos otro piso.

—Y porque tiene peluquero particular... que comparte con su gato. ¡Cómo maúlla cuando le ponen los rulos! Y además, *o sea*, como que araña mogollón.

Silencio. Bajamos otro piso.

—Y porque, *o sea*, en su buzón ¡tiene siete apellidos de siete maridos distintos! Y puede que no tarde en tener un octavo —dijo bajando la voz—, porque tiene un visitante que... Y Moira está **DETRÁS** de la exclusiva y, *o sea*...

O sea, menos mal que llegamos al sótano y tuvo que cerrar el pico. Lo de Amanda sería muy fuerte, pero la chica del ascensor ¡era demasiado! ¡SUPERCOTILLA! ¡Y qué plasta con el «o sea»!

Matilde nos esperaba en la puerta. Entramos con ella en la sala de peluquería de Moira MORE y, efectivamente, como había dicho la chica del ascensor, Moira estaba que trinaba.

No ayudaba el hecho de que una peluquera tratara de hacerle un *estiramiento facial casero* tirándole de sus cuatro pelos para hacerle una coleta.

—¡Ayyy! ¡Quita! —exclamó, empujándola—. Me estás arrancando el cuero cabelludo, **MANAZAS**. ¿Qué pretendes hacer, mandarle en plan trofeo mi cabellera a Lena LESS?

Entonces tiró la revista *¡OH, CUORE TUYO!* al suelo y se puso a dar vueltas como un león enjaulado. Lena Less sonreía desde la portada, en la que decía: «Yo sólo compito conmigo misma».

—¡HIPÓCRITA! ¡FALSA! ¡Voy a hundir a esa pelagatos! Yo ya era una estrella cuando ella todavía pegaba los mocos debajo del pupitre. ¡Brrrr! ¡La odio! ¡La detesto!

—Cálmate, Moira, que se te van a despegar las pestañas postizas —dijo la peluquera.

—¿Que me calme? Si lo que quiere es robarme el premio **POULICHER** de Periodismo de Investigación, la muy **MARRANA**.

—El **POULICHER** será para ti, tranquila, Mo —dijo la peluquera.

—¡Pues claro! Sobre todo porque en el programa de hoy, aparte de un par de vídeos muy muy **FUERTES**, tengo una gran exclusiva, una SUPEREXCLUSIVA, ¡¡JA, JA, JA!! ¡Voy a arrasar!

¿Una gran exclusiva? ¿Tendría algo que ver con la reciente desaparición del alcalde?

La chica del ascensor carraspeó para hacer notar nuestra presencia.

—¡MOIRA! *O sea*, que ya está aquí la invitada.

Moira cambió de actitud en un segundo.

—Pero ¡*qué alegría*, Matilde! Pasa, pasa por aquí, querida, a que te pongan guapa.

Mi hermana se sentó en el sillón de maquillaje.

—¡Mejor no te sientes! —exclamó Moira, arrancando a Matilde del sillón—. Si a ti no te hace falta nada, ya estás guapísima. Pasad directamente a la sala de espera.

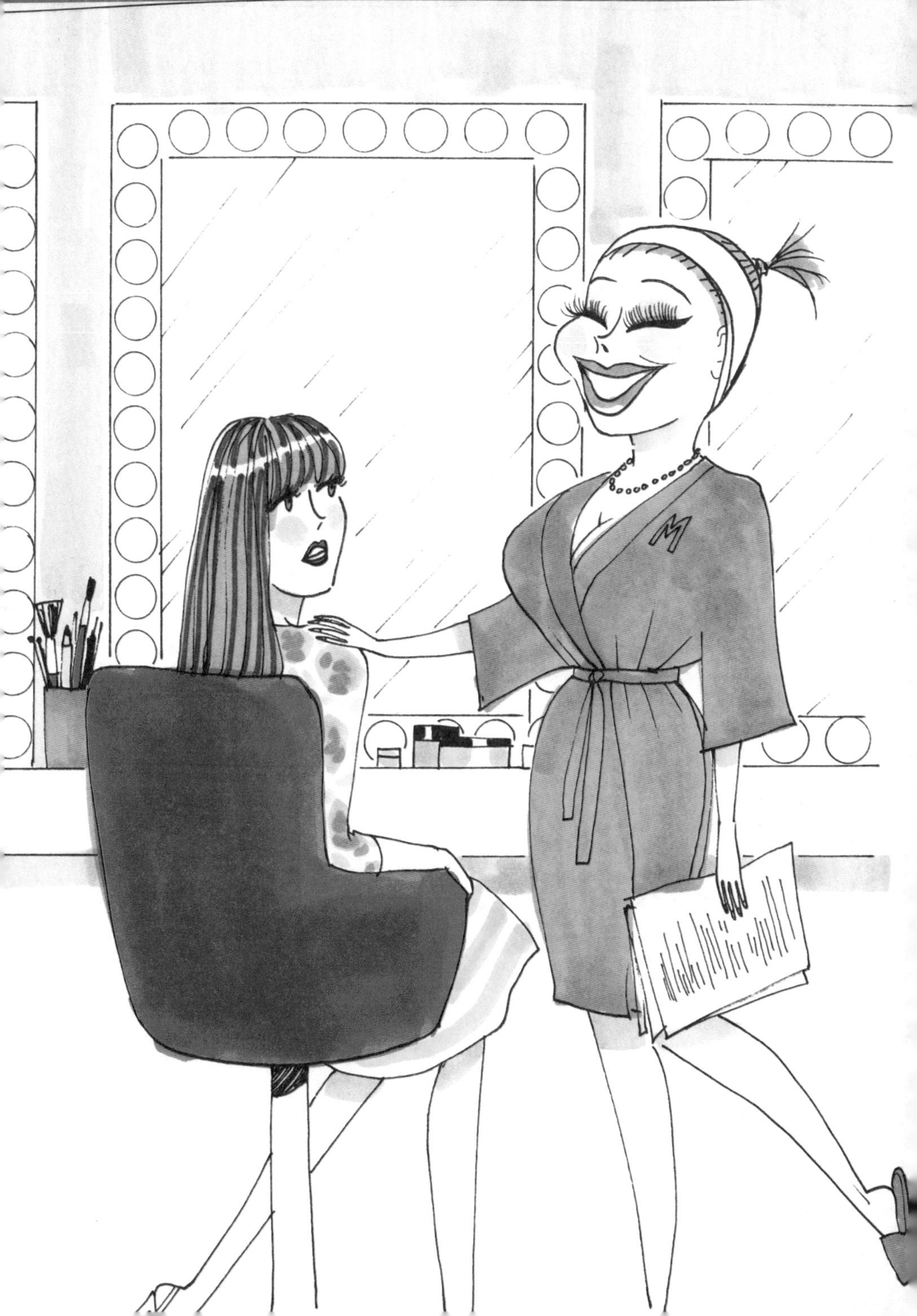
M

—Pues si Matilde no lo necesita, yo me dejo dar un *repasito* —dijo Liseta, aprovechando para sentarse en el sillón de maquillaje.

Moira miró a Liseta y la levantó con fuerza, agarrándola del brazo.

—Hala, despeja —dijo—, que el maquillaje envejece una barbaridad.

—Vale —accedió Liseta—, pero queremos un camerino bien grande para los vestidos de Matilde.

Liseta era la responsable del vestuario, y la verdad, si lo llegamos a saber, mejor le encargamos que se ocupe de la grapadora. ¡¡Llevábamos dos maletas **GIGANTES**!!

—Muy bien, pues id al camerino de invitados hasta que empiece la entrevista, ¿eh?, y así nosotros terminamos de prepararlo **TODO** —dijo Moira, recalcando el «todo» y mirando muy fijamente a la chica del ascensor.

La chica hizo un gesto con la cabeza a Moira (no hacía falta ser agente secreto para darse cuenta de que quería decir: «Lo he pillado»).

—¡A tus órdenes, Moira! —dijo, y salió pitando, hablando por un walkie-talkie—. *O sea*, que dice Moira...

Si volvía a oír otro «o sea», ¡me daría un ataque!

¡¡¡ARGHHHH!!!

Los trucos de Álex

Todo sobre la tele

¿Qué es la audiencia?
El número de personas que ve un programa.

¿Qué es un camerino?
Donde se cambian los artistas e invitados con espejos rodeados de bombillas. ¡Guauuu!

¿Qué es un walkie-talkie?
No los usan para jugar sino para comunicarse en los platós, que son muy grandes.

¿Qué es un micrófono?
Un aparato con el que se graba el sonido.

¿Qué es una cámara?
Otro aparato con el que se graba la imagen.

¿Qué es un regidor?
La persona que organiza y da órdenes en el plató.

¿Y qué es un plató?
El lugar en el que se hacen y se graban los programas. ¿Comprendido?

ÍNDICES DE AUDIENCIA

Marc y el MASPP

Ya en el camerino, pudimos hablar sin testigos (y sin «o sea», ¡**uf!**).

—Atención a todas las unidades: mucho **OJO**. Moira ha dicho que tiene un par de vídeos **MMF** y una **GE** con la que va a arrasar —dijo Marc—. Atentos si hubiera **NDA**.

—¿**NDA**? ¿**MMF**? ¿**GE**? —preguntó Liseta—. ¿En qué hablas, en morse?*

—Quiere decir *Noticias Del Alcalde*, *Muy Muy Fuerte* y *Gran Exclusiva* —apuntó Álex—. Te tienes que repasar un poco el **MASPP**...

—¡¿Y eso qué es?! —exclamó Liseta.

—El *Manual del Agente Secreto Para Principiantes* —dijo Marc, e inmediatamente siguió con el procedimiento recomendado en el tomo 4. **RR** (o *Rutina de Reconocimiento*)—. Sujeto Matilde, ya en camerino. Sujeto Goodman, ya en camerino. Dato curioso, **NHSDGE**, repito: **NHSDGE**.

—¿Y eso qué es? —preguntó Liseta.

—¡Si es muy fácil! —suspiró Álex—. **NHSDGE**, significado: *No Hay Señales De la Gran Exclusiva*.

Los rizos de Liseta se estaban rizando al límite. Significado: **APDE** (*A Punto De Estallar*).

—¿Se puede saber por qué no hablamos **NORMAL**?

Marc le señaló el *Manual*.

—Vale, entonces, ¿**DPLT**? —preguntó Liseta con resignación.

—Ejem —carraspeó Marc—, esa parte no me suena... ¿qué quieres decir?

—Que *Dónde Pongo Los Trajes* —respondió Liseta—. ¿Alguna percha a la vista, sujeto Marc?

—**SDE**, **MDM**, **P** Y **PDP**.

Los ojos de Liseta hacían chiribitas y tenía los rizos tan enroscados como muelles. Álex le respondió antes de que le diera uno de sus berrinches.

—*Sofá De Eskay, Mesita De Madera, Perchero Y Planta De Plástico*, je, je.

Y luego se volvió hacia nosotros con la planta de plástico en la mano y la arrancó de la maceta.

—Pero so bruta, ¡qué has hecho! —exclamó Liseta—. **NLVAC**: *Nos La Vamos A Cargar*.

—Dirás **BSA**: ¡*Bravo, Sujeto Álex*! Mira lo que he encontrado aquí.

Álex estaba en lo cierto. Dentro de la planta se escondía un amasijo de cables que llevaban hasta... un micrófono.

—Me parece que Moira nos preparaba una de sus *bromitas* —dije.

Álex siguió con los dedos el cable del micro hasta llegar a un cuadro con una foto de Moira tocando el acordeón. Tras los ojos de Moira había... ¡una microcámara!

—¡Qué lista, Calista! —dijo Álex—. Pues se la vamos a devolver.

Álex se sacó el chicle de la boca y lo pegó encima del micrófono, y luego hizo lo mismo con la cámara. ¡La chica del ascensor entró justo cuando acabábamos de terminar la **OC** (Operación Chicle)!

—*O sea*, ¡CINCO MINUTOS!

Quería decir que el programa empezaba en cinco minutos.

El sujeto Matilde se marchó hacia el plató con la chica del ascensor y nosotros nos quedamos esperando a que empezara la gran entrevista en...

AQUÍ TE PILLO, AQUÍ TE MATO.

Y la verdad es que casi nos mata **DLI** (que quiere decir: De La Impresión).

*Morse

Sistema de transmisión de textos con un código de luces, puntos y rayas o clics. ¡Se inventó en 1834!

.... --- .-..- ... --- -.-- .-.-..-..

Moira More

Ocupación
Reina de la tele.

Características
Capaz de vender a su anciana madre para robar una **EXCLUSIVA** a su competidora Lena Less.

Aficiones
Escarbar en las vidas de los otros para encontrar cosas apestosas.

Secretos
Ella misma tiene un problema «apestoso». Pies, para qué os quiero...

Lena Less

Ocupación
Reina de la tele.

Características
Dice que le gustan las entrevistas **CARA A CARA** pero, en realidad, prefiere hablar por la **ESPALDA**.

Aficiones
Tirar dardos a una diana con la cara de Moira (y dar en el blanco, je, je).

Secretos
Natural natural, sólo le quedan los juanetes (pero se los va a operar **YA**).

¡Vaya show!

Tres, dos, uno...

¡DENTRO!

—¡Queridos amigos, bienvenidos a *Aquí te pillo, aquí te mato*! Hoy vamos a desvelar una **GRAN EXCLUSIVA**, la noticia más **ALUCINANTE**, el **SECRETO** mejor guardado... Pero primero, vamos a saludar a unos invitados de superlujo:

3, 2, 1...

¡¡MATILDE!!

Y Matilde entró en el plató, mientras todo el público aplaudía como loco (con unos carteles que decían APLAUSOS) y Moira presentaba a su segundo invitado.

—Y ¡¡Henry GOODMAN!!

Entonces Moira hizo un resumen de sus virtudes.

—Una cantante famosa ¡y guapísima! y un escritor y **GRAN COLECCIONISTA** de arte. Por cierto, Mr. Goodman, ¿quién es su pintor favorito?

—Bueno —rió Mr. Goodman—, soy incapaz de decidirme entre Picasso o... Bill Brochagord'.

Moira le dedicó una sonrisa y siguió con su presentación.

—¡Difícil elección! Matilde y el autor de *La caridad empieza por uno mismo* vienen a contárnoslo **TODO** acerca de esa supermegafiesta que va a celebrarse en la Estatua de la Libertad.

En ese momento se interrumpió el programa y entró el anuncio de una crema contra los picores entre los dedos de los pies.

—¿Ya está? —preguntó Álex, descolocada—. Qué rápido se ha terminado.

¡No se había terminado! El programa acababa de empezar, era el intermedio.

Moira desenchufó la sonrisa y entró la maquilladora para retocar su peinado, seguida de la chica del ascensor.

—¿Cómo vamos? —preguntó la presentadora.

—Bieeeen —respondió **LCA**—; en el programa de Lena están en la tumba de Elvis* con una vidente, *o sea*, ¡tratando de hablar con él!

—Ja, ja, ja —se rió Moira—. La vamos a machacar. ¡Qué PRINGADA!

Tres, dos, uno... ¡¡¡DENTRO!!!

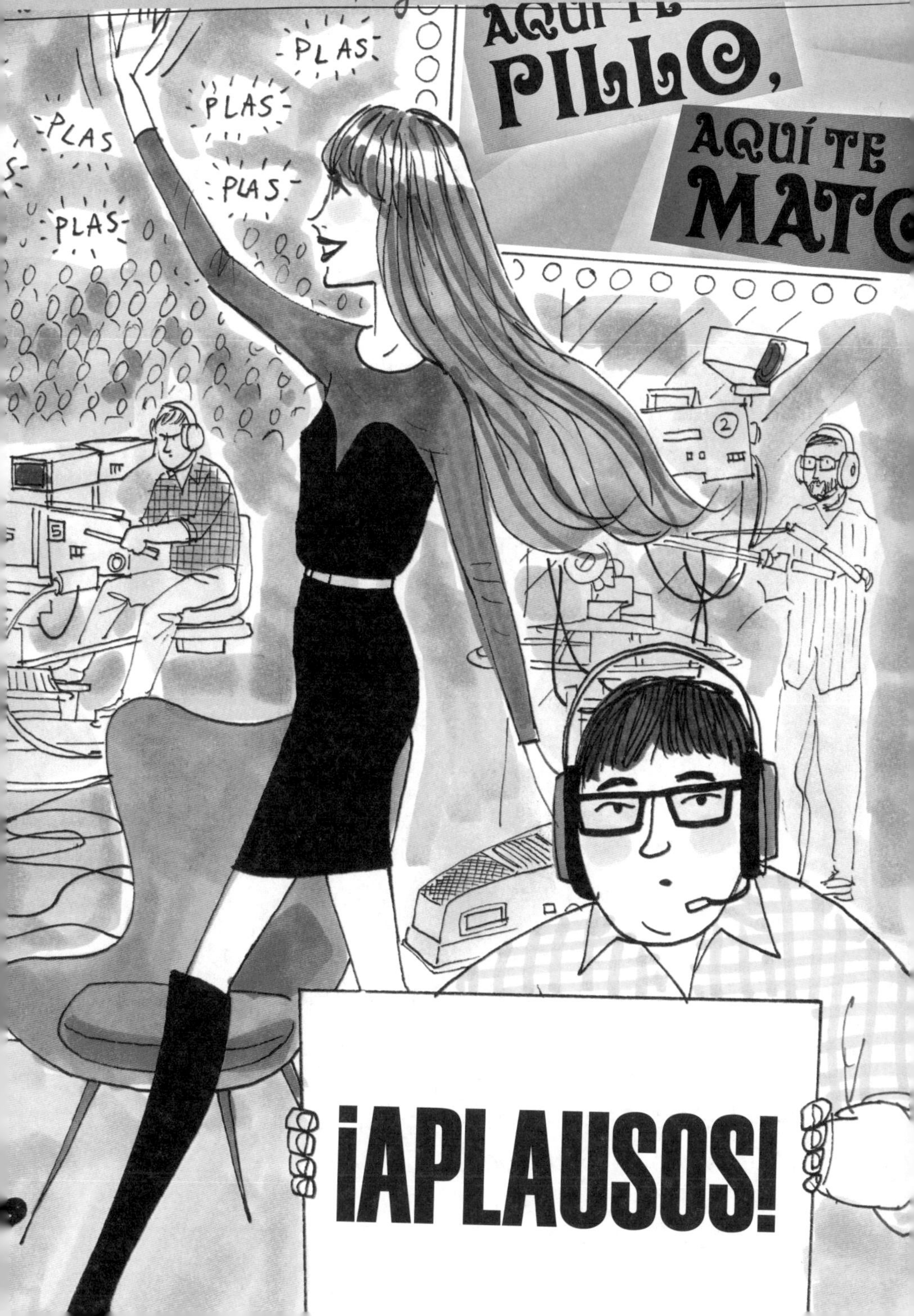
PLAS
PLAS
PLAS
PLAS
PLAS
AQUÍ TE
PILLO,
AQUÍ TE
MATO
¡APLAUSOS!

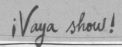

Moira volvió a sonreír a diente suelto. El programa arrancaba de nuevo.

—Seguimos en *Aquí te pillo, aquí te mato* pero... ¡un **MOMENTO**! —se interrumpió, rabiosa—. Me dicen que... **NO** tenemos el vídeo sobre, ejem, la última actuación de Matilde, así que...

¡El truco de Álex había funcionado! Pero no del todo, porque Moira tenía otro **VÍDEO** de repuesto.

—¡Vamos a ofrecerles otras imágenes! —gritó Moira—. Unas imágenes **IMPACTANTES, EXCLUSIVAS, REPUGNANTES...** ¡**VOOOMITIVAAAS!**

Matilde y Mr. Goodman pegaron un bote y miraron asustados a Moira que, de repente, parecía endemoniada.

—Hemos enviado a uno de nuestros reporteros a hurgar en la basura de uno de nuestros dos invitados —dijo, metiendo la mano en una bolsa negra: la sacó cargada de papeles de chicles y caramelos—. Fíjense, fíjense bien porque esto no tiene desperdicio...

El pobre Goodman cambió de color: del sonrosado cerdito al verde botella en tan sólo medio segundo.

¡¡DENTRO VÍDEO!!

Matilde, Marc, Liseta, Álex y yo contuvimos la respiración. ¿Qué vendría a continuación?

La libreta de Zoé

*Elvis, ¿sigue vivo?

Elvis Presley fue uno de los cantantes de rock más importantes del siglo XX, hasta el punto que se le llamó *el rey del rock* o simplemente, *el rey*.

Sus restos descansan en Graceland, su casa de Memphis, adonde peregrinan todavía miles de fans.

La leyenda dice que **Elvis** no murió, sino que sigue vivo... al menos con su música.

Chica del ascensor

o en su versión corta: **LCA**.

Profesión
Asistente personal de Moira MORE (*o sea*: **CPT**, Chica Para Todo).

Aficiones
Darle a la lengua (*o sea*, cotillear).

Carácter
¿Cotilla? ¿Metomentodo? ¿Pelota?

Sueños
No le gustaría ser como Moira, sino **SER** Moira (*o sea*, robarle el programa) y ganar el POULICHER (*o sea*, ja, ja, ja).

Chuches, mentiras y cintas de vídeo

Cuando respiramos y abrimos los ojos, en el vídeo se veía a Mr. GOODMAN en su camerino atracándose de chucherías.

Moira empezó a hablar de nuevo.

—Patatas fritas, gominolas, chicles, pizzas... tienen un pase de vez en cuando, pero este hombre

¡NO COME MÁS QUE PORQUERÍAS!

Moira se había puesto de pie animando al público a que silbara al pobre Mr. Goodman.

—Y ahora, dígame —inquirió, señalándolo con el dedo—. ¿No es usted el autor de ese otro libraco, *Come sano y cumplirás muchos veranos*? ¡Síiiiiiiiii, ja, ja, ja, ja!

El público se rió también.

—Pues toma, Moreno —siguió Moira—: palomitas y polvos pica pica de desayuno, comida a base de chicles tamaño extra y, de cena, ¡hala!, dos palmeras de chocolate. ¡¿Dónde están las judías verdes?! —gritó—. ¿No era usted el que daba la matraca con lo de «cinco raciones de vegetales al día»? ¡HIPÓCRITA, IMPOSTOR! ¡GLOTONACO!

—¡QUÉ FUERTE! —exclamó Álex.

—Sí, la verdad es que los métodos de Moira son salvajes —asintió Marc.

—No, si yo lo digo por lo de los pica pica del desayuno. ¡Los ganchitos son mucho mejores para mojar!

—¡Buuuuhh! —abucheó Liseta, dirigiéndose a Mr. Goodman—. ¡Glotón! ¡Farsante!

Marc y yo nos miramos.

¡Moira tenía un **GRAN** talento para convencer a las masas! Debíamos vigilar a Liseta, a Álex... e incluso a *Kira*, muy de cerca.

Desde su sillón, Matilde nos miró en busca de ayuda.

—Álex, ¡haz algo con todos esos cables! —pidió Marc—. Y si no... ¡le ponemos un bozal!

Pero Moira no se callaba.

—Este intelectual, esta *hermanita de la caridad* que nos da consejos sobre cómo *forrarnos*, comer bien o ser divinas... Este hombre en realidad...

¡¡BRRRRRAMMMMMM!!

Y se acabó.

—¡Nos hemos ido a negro! —gritó la chica del ascensor.

Dejamos de oír a Moira ¡y también de verla! En el plató se montó un lío **TREMENDO**. Y Álex volvió, frotándose las manos.

—Apagar la luz ha sido *pan comido*.

—¡Pues vaya! —dijo Liseta—. ¡Yo quería enterarme de qué más había hecho Mr. Goodman!

Mr. Goodman, poco a poco, recuperaba su color. Matilde se levantó con cara de alivio y nos miró como diciéndonos: «¡Gracias!». Habíamos salvado a Henry Goodman, pero... ¿de QUÉ? ¿Cuál era la gran exclusiva de Moira MORE?

Matilde se abrazó a Paul, que acababa de llegar a buscarla. Y la chica del ascensor nos acompañó otra vez de vuelta (*o sea*, al ascensor).

—Tendréis que volver. Moira está deseando entrevistar a Matilde y, además, todavía falta su **EXCLUSIVA**.

—Eeeeh... No sé si va a hacer falta, *O SEA*... —dije, a ver si colaba.

¿Se me estaría pegando el «o sea»?
¡¡¡ARGHHHHH!!!

Zoé Test
(con la colaboración de Álex)

La alimentación

1. Comer MAL es:

a. Dejar la servilleta hecha una bola encima de la mesa.

b. Masticar con la boca abierta y reírte a mandíbula batiente (así todo el mundo puede ver lo que estás comiendo).

c. Comer siempre lo mismo, o todo de bote, o nada fresco y natural... ¡qué asco!

2. Comer MUY MAL es:

a. Hincharse de golosinas y dulces sin ton ni son (aunque lo haga Mr. Goodman).

b. Picar del plato de los demás (y quitarles lo mejor, je, je).

c. Dejar la comida sin tocar (tapándola con la servilleta).

3. Comer HORRIBLEMENTE MAL es:

a. Negarse a probar cualquier alimento nuevo.

b. Comer todo lo que pillas: en el súper, en el cole, en el suelo...

c. Comer a dos carrillos y empujar con los dedos (siempre cabe un poquito más).

RESPUESTAS

1. a, b y c.
2. a, b y c.
3. a, b y c.

Si aciertas TODAS, ¡tienes un buen problema!

¡♡Oh, **Cuore** tuyo!

K.O.

¡A Moira se le va la pinza!

¡GRAN EXCLUSIVA Y ABRAZO MORTAL EN ATPATM!

(Aquí te pillo, aquí te mato)

Rumore, rumore... Nueva York es un nido de rumores. Mientras el rastro del alcalde se desvanece, la reina de la tele resucita; ¡y esto es un hecho, no un rumor!

Pero la gran comidilla *intown* es que **Moira** tiene información **ALTAMENTE CONFIDENCIAL** sobre un tema **CLAVE**. ¿De qué se tratará esta vez?

Y para terminar, una nota del *cuore*: miren, miren **ESTA** foto.

¿Quién es el ser humano que estruja Moira entre sus tentáculos? **¡¡ES PAUL!!**

El pobre no pudo evitar el ataque de **MM** a la salida del plató de **ATPATM**. Fue a buscar a su estrella del rock favorita... ¡y se encontró con la **MUJER PULPO**! **¡Qué diferencia!**

La Banda, en marcha

¡**Moira y Amanda en un mismo edificio!** Marc iba a tener razón en que los espíritus malignos se paseaban *a su bola* por el Dakota...

Y Amanda era el **PEOR**. En eso estábamos todos de acuerdo; bueno, *casi* todos, porque Liseta le encontraba *algo* positivo:

—¡Tiene tan buen gusto para la ropa! —exclamó—. Y se peina tan bien.

—Será lo único que tiene bueno —apuntó Marc.

El pobre se pasó toda la vuelta en el taxi sonándose con los pañuelos de papel que encontró en el bolso de Liseta.

—Creí que ya no te daba tanta alergia —dije—, como no estornudaste en el ascensor...

—Es porque aguanté sin respirar. Y porque fue poco tiempo, pero en su casa, con su perfume, ¡casi me ahogo! ¿Qué hago con esto? —dijo, señalando una **MONTAÑA** de pañuelos.

¡**GLUPS!** No podíamos tirarlos ni dejarlos en el taxi, y tampoco nos cabían en los bolsillos.

—¡Al bolso de Liseta! —dijo Álex.

Liseta se negó pero, al final, no tuvo más remedio que guardarlos, con cara de ASCO.

—Sólo hasta que encontremos una **PAPELERA**.

De regreso al hotel, recibimos una llamada URGENTE.

Era Zía, estaba muy agitada por la desaparición del alcalde. Puse el altavoz para que toda La Banda pudiera oír la conversación.

—¡Es terrible! —exclamó—. ¿Sabes lo que significa que el alcalde haya desaparecido?

—Sí, que Central Park ya no tiene quien lo defienda.

Era muy preocupante. Marc añadió un dato:

—Y ya sólo quedan... **TREINTA Y CUATRO** horas para impedirlo.

Así que sacó su reloj y dijo una frase mítica que había querido pronunciar desde que, de pequeños, jugábamos en el gallinero a ser agentes secretos.

—Sincronicemos los relojes.

El tiempo corría y había que encontrar una solución. O al alcalde (que *era* la solución). Leí por teléfono mi lista a Tía Lou y a Zía. Eran muchas cosas, y poco tiempo.

LISTA DE ZOÉ para hacer en 34 horas:

1. Encontrar al alcalde.

2. Escapar de Moira More.

3. Acudir a la gala (bien vestidos; por recomendación de Liseta).

¿Por dónde empezar?

—Igual todo se explica con que el alcalde se ha quedado dormido delante de la tele y tiene el móvil sin batería —dijo Álex—. A mí me pasa a veces... ¡Así que quizá el alcalde aparece en cualquier momento!

—¡Ya! —dijo Liseta—. **INMOFORRING** con las excavadoras preparadas, **CUATRO** coleccionistas dispuestos a **LO QUE SEA** con tal de hacerse con un Brochagord' y ¿tú crees que el alcalde se ha quedado frito en su sofá y sin cobertura, casualmente?

Para terminar de complicarlo todo, tía Lou aportó una nueva visión sobre el *asunto*.

—Ya sé que Moira MORE es algo desagradable, pero igual podría ayudarnos.

—¿Algo desagradable? —dijo Zía—. Yo diría que es una auténtica peste.

—Lo digo por sus exclusivas —dijo tía Lou—, como ella siempre se entera de **TODO**...

No era ninguna tontería. Pero, ejem, habíamos sido nosotros quienes le habíamos impedido soltar su última **GRAN** revelación.

—A mí me pareció que sólo tenía algo más sobre Henry Goodman —dijo Marc. Y añadió—: Por ejemplo, que sus libros son muy... *dolorosos*.

Y después de decir eso, se tocó el chichón.

—¡Estamos un poco *despistados*! —exclamó Liseta—. A ver, ¿por dónde empezamos?

Una cosa estaba bien clara: La Banda tenía otra misión. Y sólo...

—¡Treinta y tres horas y media! —señaló Marc.

Empezaríamos por lo más importante:

¡encontrar al ALCALDE!

—¿Os gusta el arte? —pregunté.

Marc levantó la mano. Y nadie más.

—Pues nos vamos a la exposición de Bill Brochagord'. ¡Apostaría el collar de *Kira* a que con tanto coleccionista detrás del **MISMO** cuadro encontramos algo interesante!

En eso sí que estuvimos de acuerdo. Nos despedimos de Zía y de tía Lou; nos encontraríamos con ellas en la gala de Matilde, al día siguiente. Para entonces, teníamos que haber resuelto lo del alcalde ¡Sí o Sí!

Alcalde

(o, si no hay confianza,
Excelentísimo Señor ALCALDE).

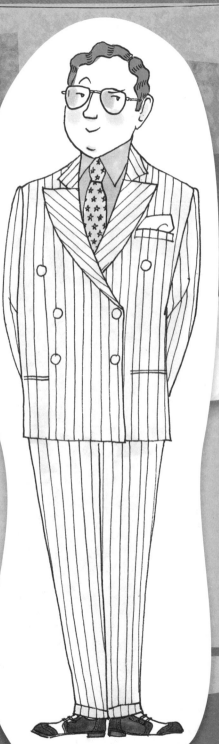

Profesión
Alcalde.

Aficiones
Coleccionar obras de arte
contemporáneo.

Busca desesperadamente
Un Brochagord' auténtico para
completar su colección.

Obras favoritas
Sus Warhols y sus Pollocks.
¡Y su futuro Brochagord'!

Bill Brochagord

Profesión
Artista.

Carácter
Vanidoso, misterioso, silencioso
y todo lo que acabe en «oso»,
menos zarrapastroso.

Características de su obra
Genial. Imposible de comprender
por la gente normal. O sea, genial.

Manías
Siempre va descalzo, para sentir
mejor su conexión cósmica con
la tierra... ¡Ahorra en zapatos una
barbaridad!, je, je.

Problemillas
Tiene los pies hechos un poema:
juanetes, durezas, y las plantas
como las de un gorila del Zaire
(hoy llamado Congo).

Jana's Gallery

Afortunadamente, Matilde tenía una invitación en el hotel para la inauguración de Bill Brochagord' en Jana's Gallery esa misma tarde.

—Yo no podré ir —dijo— y Henry Goodman ¡tampoco! Este hombre está siempre tan ocupado que todavía no ha resuelto muchos detalles de la fiesta de mañana; lo deja todo para el último momento. Yo de vosotros llegaría pronto a la inauguración por si surgiera algún imprevisto —nos aconsejó.

¡Y qué imprevistos!

El primer obstáculo lo encontramos en la puerta de la galería. Primero entró Marc, luego Álex, luego Liseta, luego yo... y luego...

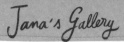

—**¡Alto ahí!** —La misma Jana rompió en trocitos nuestra invitación y nos señaló un cartel:

¡Qué antipática!
¡No podíamos entrar!

Kira se dio la vuelta, muy ofendida, y nos esperó junto a una farola. Así que, primero salí yo, luego Liseta, luego Álex y, finalmente, lo hizo Marc.

—Y ahora, ¿qué hacemos? —preguntó Álex.

—De entrada, **PENSAR** —respondió Marc, que no se había traído el *Manual*.

Nos pusimos a pensar, pero la verdad es que no nos dio mucho tiempo. Justo cuando estábamos pensando, salió otra vez Jana, hablando por el móvil. Bueno, *gritando* por el móvil, para ser exactos.

—¡N O! ¡Que no han llegado los cuadros! —dijo—. ¿Con qué monto yo la exposición?

Evidentemente, no oíamos lo que decía la **OTRA** persona.

—¡Tenían que estar aquí a las dos en punto! —explicó Jana—. *Amooore*, ¿y dónde está Bill?

Jana se quedó callada.

—¡Es *jórribol*! —se lamentó—. Esa megatienda de chuche-rías está destrozando la ciudad. Cuando Moira More se entere de que Bill, en un acto de rebeldía, se ha bebido varios litros de batido de fresa y pistacho mezclándolos con nueve bolsas de nubes y dos paquetes de ositos de regaliz, se le han hecho *bola* y ahora, claro, se encuentra *fatal*, y **NO** viene...

De nuevo, quienquiera que estuviera al otro lado de la línea telefónica habló, porque Jana se quedó callada. Luego se quejó:

—¡No es tan fácil encontrar un artista *last minute*, de última hora, como si fuera un asiento de avión en turista! ¡Vale, vale! Te llamo, ¡déjame pensar!

Jana entró en la galería y se sentó con la cabeza entre las manos. A pensar, como *El pensador* de Rodin* (y como nosotros).

De repente, miré a Álex, Álex miró a Liseta, Liseta miró a Marc y Marc miró a *Kira*, que seguía junto a la farola. A **TODOS** se nos había ocurrido lo mismo. Íbamos a arreglar el problema de Jana.

¡¡¡Y EL NUESTRO TAMBIÉN!!!

Las notas de Marc

Obras maestras de la escultura

El pensador, de Rodin

Es una de les obras más conocidas del escultor francés Auguste Rodin; una escultura de bronce que formaba parte del conjunto basado en *La Divina Comedia* y que terminó en 1850.

La idea del escultor era hacer una llamada a la reflexión (como Marc, salvando las distancias).

Jana Banana

Profesión
Galerista TOP.

Odia
Los artistas que no venden cuadros.

Ama
Las tarjetas de crédito, los cheques bancarios, el **CASH**.

Sueña (en secreto) con
Casarse con un coleccionista e ir a las galerías... de visita.

¡Qué Arte!

El plan era muy sencillo: necesitábamos un artista (o alguien que tuviera *pinta* de artista) y cuadros, esculturas... lo que fuera.

Nos pusimos manos a la obra. O sea, la *obra*... ¡los cuadros!

—Rápido —dije—. Liseta, ¿qué tienes en el bolso?

—Na-nada —balbuceó.

—¿Nada? Eso es imposible —dijo Álex—. ¡Si siempre tienes toneladas de cosas! Déjame ver.

—No, no mires, créeme. No hay nada que sirva para esto, sólo algunas chucherías...

—Pero ¿tú también? —preguntó Álex—. ¿Qué le pasa a todo el mundo con las chuches? ¡Se os van a caer los dientes! ¿Y nada más?

Liseta se agarró muy fuerte al bolso... y arrancó a hablar.

—¡Estaba vaciándolo todo, porque me daban asco los pañuelos! —explotó—. Pero con tantas prisas me equivoqué y lo único que me traje son eso... ¡los pañuelos!

¿Qué íbamos a hacer ahora? ¿Pañuelos? Y, *ejem*, ¡llenos de mocos!

—Todo sirve —dijo Marc—. Rápido, pásame los pañuelos y los chicles.

—¡No te atreverás! —exclamó Liseta.

¿QUE NO?

Marc hizo unas bolas con los pañuelos y pegó el *material* (sin necesidad de pegamento, ¡uf!) en unos tablones enormes que encontramos, tirados, en la parte trasera de la galería de Jana.

¡INCREÍBLE, ya teníamos cuadros!

—Pues no están nada mal —dijo Liseta— si nos olvidamos de que *eso* son los *ejem* de Marc, claro.

—Sólo nos falta una escultura —sugirió Álex— para que sea un artista más completo, ¿no?

Marc miró a Álex dándole un notable alto por su buena idea.

—Se me está ocurriendo algo —les dije—, pero tenéis que dejarme trabajar sólo a mí.

Y dicho esto, *Kira* y yo nos escondimos en el callejón.

—¿Podemos mirar ya? —preguntó Álex.

Les pedí dos minutos más para terminar mi OBRA. Mientras, Marc, Liseta y Álex decidieron ver a quién le tocaba ser el artista. Lo sortearon y le tocó a... Álex.

—¡No es justo! —se quejó ella—. Si a mí ni siquiera se me da bien dibujar...

—No hace ninguna falta —dijo Liseta.

Teníamos artista y obra, ya sólo faltaba la *pinta*: Álex tenía que transformarse en alguien terriblemente *cool*. Y los demás, disfrazarnos para podernos colar en aquella inauguración tan megaguay. Y como no estaba Matilde, que es nuestra experta, tendría que encargarse Liseta.

—Pero no me pongas lazos ni nada **ROSA** —suplicó Álex—, por favor.

—Jana lleva una bolsa de basura de **GUACHIMOTO** y le queda divina; ¡tú no vas a ser menos!

—**¡GUAUUU!** —Fue Álex la que dijo eso, no *Kira*.

Álex estaba **TOTAL**.

—Con esta pinta supermegaartística tienes que cambiarte el nombre a algo más... **LLAMATIVO** —sugerí.

—¿Qué os parece **Álex K+K**? —preguntó Álex—. No sé, siempre me ha gustado.

—Imposible de olvidar —dijo Liseta.

¡Pues APROBADO!

Y así fue como nació una nueva estrella del arte contemporáneo... **¡Álex K+K!**

Jana, claro, se tragó el anzuelo: Ya tenía artista. Y habría inauguración. ¡Y vendrían los coleccionistas!

Estábamos preparados para descubrir si alguno de ellos... tenía *noticias* del alcalde. ¡Bien!

JANA'S GALLERY

Tiene el gusto de presentar en su Galería de la Calle 4.648.899 con la Avenida de la República Independiente de Tongo Suroeste a

ÁLEX K+K

(Bill Brochagord' ha sufrido una leve indisposición. Gracias por NO preguntar qué tal está.)

Álex K+K

Ocupación
El ARTE (así, con mayúsculas).

Estilo
NS/NC (No sabe / No contesta).

Escuela
NS/NC (No sabe / No contesta).

¿Tiene hora, por favor?
NS/NC (No sabe / No contesta).

La inauguración

La exposición de **JANA'S GALLERY** abrió las puertas con total puntualidad. Y conseguimos colarnos todos, ¡incluida *Kira*! No entró ladrando y a cuatro patas, como ella habría querido, pero entró. Eso sí, inmóvil, subida en un pedestal y con un cartel que decía:

> **CANUS CONTEMPORANEUS NIUYORQUENSIS**
> ESCULTURA. TÉCNICA MIXTA
> COLECCIÓN DEL AUTOR

—Pónganla un poco más a la derecha —indicó Marc, disfrazado de operario—. Así. ¡Cuidado, que es una escultura muy frágil!

Había costado convencer a *Kira* de que no moviera ni un bigote pero, al final, lo logré (prometiéndole una bandeja de canapés para ella sola, eso sí).

—**¡Está increíble!** —dijo Liseta, que iba camuflada de exótica coleccionista hindú—. Igual hasta quiere comprarla el alcalde.

—Si se despierta —apuntó **Álex K+K**.

Moira MORE acababa de entrar en la galería. Venía preparada, con la alcachofa en la mano, *por si las moscas*. Se acercó a contemplar a *Kira* más de cerca.

—¡Qué maravilla! Creo que es un **POONS**. ¡Qué hiperrealismo! —comentó un chico con gafas de pasta negra.

—Estás **MUY** equivocado; es un K+K de la primera época. Y no es para tanto —señaló Moira en plan *enteradilla*—. Mira, aquí tiene un fallo: el pelo es claramente sintético. ¡Se nota a *quinientos metros* que es un perro de **PELUCHE**!

Yo, que iba camuflada de crítica de arte, me acerqué a *Kira* y la toqué suavemente para evitar que rompiera su promesa, cuando de repente...

—¡Esas manos! ¡No se toca! —Jana, la propietaria de la galería, me había regañado por tocar su escultura (bueno, *la mía*, je, je).

Marc me hizo señas de que no dijera nada.

—Tenemos que encontrar alguna pista del alcalde —le dije— antes de que *Kira* lo estropee todo.

¡Uf! Esta vez no había pasado nada, pero la que se podía liar...

Marc asintió.

Liseta se unió a nosotros, emocionada. La sala estaba a tope: actores, modelos, cantantes y deportistas. Pero entre todos, la protagonista absoluta era... **¡Álex K+K!** Liseta estaba fatal de uno de sus ataques de *famositis aguditis* y no podía parar de señalar.

—¡Aaaah! ¿No es ésa IVANA CRAMP? —preguntó, con la boca abierta.

—Yo creí que era Amanda —dijo Marc.

CANUS
CONTEMPORANEUS
NIUYORQUENSIS

ESCULTURA.
TÉCNICA MIXTA
COLECCIÓN DEL AUTOR

—¡Y ése! ¡Es **Jordi *LAPANDA***! —exclamó Liseta entusiasmada.

—Ya decía yo que me sonaba —susurró Marc.

—¡Uy!, voy a acercarme a pedirle un autógrafo. ¡Me chifla! —prosiguió Liseta.

—¡Ni se te ocurra moverte! —suplicó **Álex K+K**—. Quédate conmigo, ¡me van a pillar!

—Tú mira a la lejanía —recomendó Marc— y **NO** hables, o pon un acento raro.

—Ummmmmm —contestó **Álex K+K** mirando hacia el techo—. Ya me callooo... ¡Soy una *arrrtistazzzaa*!

Álex se colocó al lado de *Kira*, perdón, de la escultura del *Canus contemporaneus niuyorquensis*, cuando por la puerta entró la verdadera e inimitable... ¡Amanda! ¡Ya estaba tardando en llegar! ¿Nos daría alguna pista sobre su *amiguito* el alcalde?

¡Si Kira hablara! Pediría que hubiera más:

🐾 Lugares públicos a los que se pueda ir con tu perro (si está **BIEN** educado no molesta a nadie).

🐾 Dueños de perro que recojan las necesidades de sus mascotas de la vía pública (para evitar *accidentes*).

🐾 Platitos con agua en la entrada de los comercios *dog friendly* (¡amigos de los perros!).

🐾 Chuletas gratis por las calles (esto ya es un abuso, *Kira*).

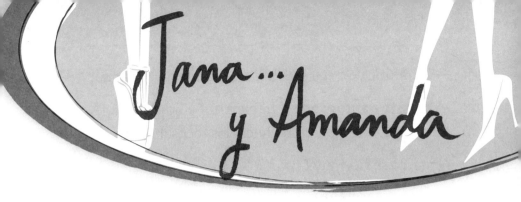

Jana... y Amanda

Jana fue a saludar a Amanda, con dos besos en el aire.

—¿Cómo estás, *amooooore*?

—*Divinameeeente*, querida... —respondió Amanda.
Inmediatamente, se acercó con aire de entendida a
uno de los cuadros de Marc, ¡perdón!, de **Álex K+K**.

—¡Es *divain*! —exclamó.

En ese momento Álex se volvió hacia ella.
—¡El arte es...! —Y eso fue todo.

—¡Y quien es esta *individua*? —preguntó
Amanda—. Cómo se nota que no
entiendes ni papa de arte,
bonita —dijo, dirigiéndose
a Álex—. Por cierto,
¿quiénes sois tú y
tu flequillo de paleta
de pueblo?

—Soy la **ARRRTISSSTAA**
—le respondió Álex
sin mirarla.

—Sí, bonita, y yo soy *Jackie K. O.* —contestó Amanda.

—No estoy autorizada a hablarrrr —dijo **Álex K+K**, y se fue con la vista perdida hacia los focos del techo.

Amanda se rió, muy falsa.

—Vaya *cantamañanas...*

—¡Pero Amanda, *amooooore*! —exclamó Jana—. Qué metedura de **GAMBA**,* ¡si era **ÁLEX K+K** *in person*!

Amanda se rió de manera aún más supermegafalsa.

—Pues claro, ¡era una broma, *queriiiida*! ¡Sabía quién era perfectamente!

—Ya, ya... —dijo Jana marchándose—. Me vas a perdonar pero tengo que enseñar mis **K+K** a **TRES COLECCIONISTAS** muy interesados. Todos se peleaban por un Brochagord', pero ahora quieren un **K+K**. ¡Ellos son así!

¡Eran los tres rivales del alcalde!

Marc y yo nos pegamos a ellas disimuladamente. Jana trató de darle esquinazo a Amanda, pero Amanda... no se dejaba vencer tan fácilmente. Ni aunque hubiera metido la *gamba* hasta el taconazo de sus LUVUTÁN.

—Jana, *queriiiiida*, ¡tú vete a controlar los canapés, que ya les enseño **YO** los cuadros! —exclamó.

Y a Jana le fue imposible detenerla porque Amanda se pegó con **MEGAGLUE** a nuestros tres posibles candidatos.

¡Menuda era ella cuando había un coleccionista cerca!, aunque fuera de cromos...

¿Alguno de ellos conocería el *paradero* del alcalde?

Álex K+K nos hizo señas desde la otra punta de la galería. Quería decir que «No».

*Gamba

Pierna (pata) en italiano. Y crustáceo que se sirve en los cócteles, en la mayoría de los casos, con *gabardina* (es decir, rebozado en huevo y harina).

GALERÍA DE COLECCIONISTAS

Georgios Vassiloccomprass

Profesión
Trillonario ruso.

Señas de identidad
el GIORGY III, su megayate, tan grande
que siempre está navegando porque no
cabe en ningún puerto.

Artistas favoritos
Bill Brochagord' (o el más caro que haya).

Profesión
Dueño de los famosos supermercados
Pastizalius & Pastizalius.

Señas de identidad
Su lema, «Donde esté un Pastizalius,
ahorrará un pastizal. ¡Yihaaa!».

Artistas favoritos
Bill Brochagord' (siempre que el cuadro
haga juego con la tapicería del sofá).

Aki Lopago

Profesión
Rey de los ordenadores.

Señas de identidad
Lo paga todo sin pedir descuentos.
Y a TOKA-TEJA.

Artistas favoritos
Bill Brochagord' (siempre que
pueda pagarlo en yenes).

Amanda, galerista

Marc, Liseta y yo seguimos a Amanda muy de cerca. Le había robado el protagonismo a Jana y acaparaba a los tres coleccionistas. Daba explicaciones sobre los K+K ¡sin tener ni idea!

—Y ésta es una de las primeras obras de **Álex K+K**, *Estornudos megaalérgicos* —explicaba Amanda a sus tres *corderitos*—. ¡**Espectacular**!

Entonces, Amanda y su grupo se acercaron hasta donde estaba la escultura de *Kira*. Marc, Liseta y yo contuvimos la respiración. ¡La que se iba a liar!

—¡Esto sí que es una obra maestra! —explicó—. Se llama *Chuchus apestosus roñosus pulgosus*... o algo así. Fíjense qué realismo. Si parece que tenga pulgas de verdad y todo. — Y Amanda acercó la mano a una pulga... de verdad.

¡AAAAAHHH!

Liseta y yo cerramos los ojos para no ver el desastre, y...

—¡Señora, no se toca! —la reprendió Marc, cambiando la voz para que no lo reconociera—. Parece mentira, ¡qué falta de educación artística!

Amanda se apartó molesta y *Kira*... resistió.

La verdad es que estuvo a punto de soltar un miniladrido que quería decir: «Yo no tengo pulgas», o «¡Quitadme esa pulga!», o «¡QUITADME ESA AMANDA!». Pero, afortunadamente, no lo hizo.

CANUS
CONTEMPORANEUS
NIUYORQUENSIS

ESCULTURA.
TÉCNICA MIXTA
COLECCIÓN DEL AUTOR

Amanda y los coleccionistas se marcharon hacia donde estaba **Álex K+K** *in person* (y me dije que en cuanto llegáramos al hotel me encargaría de *Kira* y su, ejem, problemilla. ¿Dónde habría pillado la pulga, en el callejón de la galería?).

—¿Tú crees que alguno de éstos puede ser el captor del alcalde? —me preguntó Marc.

—A mí me da que... no —respondí.

—Pues aparte de lo del cuadro, yo creo que al de los supermercados podría interesarle poner uno nuevo en Central Park —dijo Liseta.

En ese momento llegó Álex, que ya se estaba hartando de ser **Álex K+K**.

—¡No puedo más! —susurró—. Éstos me dicen cosas **RARÍSIMAS** y yo no contesto nada y creo que es peor...

Nos apartamos a un lado para poder hablar sin que nos oyeran.

—¡Aguanta un poco! —dijo Marc—. ¡Uno de ellos puede tener al alcalde!

—¿Cuál? —preguntó Álex—. El del barco gigante imposible, acaba de vender toda su colección para hacerse un barco más grande.

—Ya os lo decía yo: ¡es el de los supermercados! —exclamó Liseta.

—Ése, menos —dijo Álex—. No tiene dinero para comprarse un Brochagord'. Sus tiendas van fatal desde que vendió unas hamburguesas con sorpresa en forma de gusano.

—Mejor: ya sólo nos queda uno —apuntó Liseta—. Por eliminación, Aki Lopago viene de Japón dispuesto a arrasar con los cuadros, con Central Park y hasta con el alcalde.

—Tampoco lo creo —volvió a rebatir Álex.

—¿Por qué?

—Porque tiene siete hijos y están todos jugando en Central Park, ¡les encanta el parque! Y además, dice que el alcalde y él son como **HERMANOS**.

Nos quedamos bastante chafados. Álex había desmontado nuestras teorías en menos de un minuto. ¡Un momento! Quedaba...

—¡Mr. Goodman! —exclamó Liseta.

Ninguno podíamos creer que el autor de *Cómo ser una chica Top en diez minutos* pudiera retener al alcalde además de escribir *tropecientos* libros, inaugurar librerías, ir a la tele y preparar galas con Matilde. ¿¿CUÁNDO?? ¡Si no tenía tiempo!

—Sus libros pueden ser malos, pero no tanto como para convertirle en un fuera de la ley —dijo Marc. Entonces, miró su reloj y añadió—: Nos quedan exactamente veinticuatro horas para salvar el parque, a los patos ¡y encontrar al alcalde de una vez!

Estábamos pensando cuando Jana se nos acercó dando saltos de alegría.

—¡Álex, digo, miss K+K! Traigo una noticia BOMBA.

¡¡BOOOMBAAAA!!

—¿Qué? —preguntó Álex—. ¿Se ha acabado el colegio para siempre? ¿Han inventado el viaje *espacio temporal*? ¿Un móvil que no se queda sin batería?

—¿Ha aparecido el alcalde? —pregunté yo, esperanzada.

—No, **¡MUCHO MEJOR!** ¡Moira MORE me acaba de decir que ha anulado la entrevista que tenía con la cantante de *FRENCH CONNECTION* y que ¡quiere hacerte una a **TI**!

¡¿QUÉEEE?!

Moira More y su *Aquí te pillo, aquí te mato* otra vez.

¡NOOO!

—Me niego —dijo Álex. Y se volvió para mirar los focos del techo, como le había enseñado Marc.

Jana no daba crédito.

—Pero si es la número **UNO** —explicó—. Y además, lo verá todo el mundo; ha anunciado que va a revelar una gran **EXCLUSIVA**.

¿Otra vez?

—¡Ya! —dijo Álex—, que los marcianos han aterrizado en Central Park.

—Pues no estás tan equivocada —dijo Jana—; me han soplado que algo tiene que ver con Central Park.

¡Central Park! ¿El alcalde?

Tuve que darle un codazo (flojito) a Álex.

—Acabo de aceptar el trabajo de representante de miss **K+K**, y estaremos encantadas de ir al programa de la señora More.

Álex se quedó sin palabras y Jana se alejó, en las nubes, feliz con el *triunfo* de la nueva estrella de su galería.

Y nosotros... ¡Uf! Tendríamos que volver al programa de Moira. Aunque la nueva superestrella del arte, **Álex K+K**, tenía otros planes. Estaba maquinando... ¡cómo darle su merecido a Moira MORE!

¡Uy!

Cómo ser una chica Top en diez minutos
(en materia de arte)
por H. GOODMAN

Canapé: Bocadito comestible que se engulle mientras se habla de arte tratando de que no se te caigan las migas.

Hiperrealismo: Tendencia surgida en los años sesenta que pretende reproducir la realidad.

Primera época (y segunda y tercera): Momentos en la obra de un artista.

Crítico/a: Ser humano (eso dicen ellos) que dice y escribe lo que piensa de lo que otros hacen, a veces con argumentos y otras, porque sí. (El autor aconseja *hacerles la pelota y atiborrarles de canapés*.)

¡Oh, Cuore tuyo!

¡MATILDE NO IRÁ AL SHOW DE MOIRA!

¿Qué ha pasado entre la reina de la tele y la reina del GLAMOUR? ¿Ha habido broncaaaa?

Un pajarito nos ha dicho que *Morra Morro* (el mote cariñoso con el que llaman sus amigos a **Moira**) está de lo más interesada en la música pop... sobre todo en un guitarra de flequillo eléctrico y nombre que empieza por **P** y termina por **L** (con una **A** y una **U** en medio, para los más *cortitos*).

Moira está FELIZ tras ganar a **Lena LESS** y ahora se prepara para acabar con ella definitivamente, con la mayor EXCLUSIVA nunca revelada en televisión.

¿Será ésta la causa de que **Matilde** ya no vaya al programa de **miss MORE**?

Seguiremos informando...*Yeahhhh!*

Límite: ocho horas

Al día siguiente nos levantamos de un salto; ¡teníamos una agenda muy apretada!

—Nos quedan exactamente... **OCHO** horas —señaló Marc— y no quiero presionar, pero...

Pero primero *Aquí te pillo, aquí te mato*, luego la Gala de las Artes y, entremedias, encontrar al alcalde como fuera y parar lo de Central Park. La verdad era que después del fracaso en la galería de Jana y de descartar a Henry Goodman, Moira More era nuestra **ÚLTIMA** oportunidad.

Matilde estaba algo nerviosa.

—Mr. Goodman no apareció a nuestra cita, y no se cómo habrán resuelto los últimos detalles de la fiesta.

—¡Vámonos! —dijo Liseta—. Por si hay algún imprevisto, propongo que salgamos **YA** vestidos para ir a la gala; no podemos ir *hechos una facha*, como en la inauguración de la galería.

Álex y Marc refunfuñaron lo suyo pero tuvieron que aceptar que en los últimos días habían surgido *demasiados* imprevistos.

—¡**Puffff!**—exclamó Álex—. Y encima yo de **Álex K+K** y de gala a la vez.

¡Claro! Primero nos esperaba Moira. A nosotros no, a la artista del momento... Así que repetimos todo el proceso: furgoneta negra, chica del ascensor, sala de maquillaje, Moira superenfadada con Lena y... *o sea*, **NRDGE** (Ni Rastro De la Gran Exclusiva).

—¿**AHVAS**? —preguntó Marc en cuanto entramos en el camerino.

Liseta no daba crédito.

—¿Vamos a empezar otra vez con lo mismo?

—Liseta... —la calmó Álex—, quiere decir: ¿Alguien Ha Visto Algo Sospechoso? Y la respuesta es: «No». Moira guarda su exclusiva **ACYC**.

—¿A Cal Y Canto? —preguntó Liseta.

—*Yes* —dijo Álex—. ¡Muy bien!

Lo más importante era que Moira diera su exclusiva. Liseta se lo recordó a Álex para que quedara **MUY CLARO**; todavía estaba *mosca* con el apagón de la última vez.

—*Ok* —dijo Álex—. Aguantaré que saque vídeos míos devorando perritos calientes y hamburguesas...

A *Kira* no le hizo ninguna gracia el ejemplo. Cerrada la discusión, Álex buscó otra vez los micrófonos y las cámaras ocultos en el camerino. Los encontró y se los guardó en el bolsillo.

—Tengo que ir un momento al baño —dijo, abandonando el camerino, muy misteriosa.

—¿Y para qué te llevas todo ese lío de cables y cámaras contigo? —preguntó Marc.

—Errrr..., porque me gusta retransmitirlo... todo. Bueno, ¡ya veréis!

—No sé si quiero verlo... —respondió Marc.

La verdad es que el tiempo se nos pasó **VOLANDO** y cuando quisimos darnos cuenta ya estaba otra vez con nosotros **LCDA** (*o sea*, La Chica Del Ascensor). Se acercó a Álex para indicar dónde tenía que sentarse y...

—¡Moira, medio minuto, *o sea*, treinta segundos!

El programa comenzó en... TRES, DOS, UNO... ¡DENTRO!

¡APLAUSOS!

Moira MORE arrancó a hablar:

—¡Bienvenidos a *Aquí te pillo, aquí te mato*! Hoy tenemos una **GRAN EXCLUSIVA**, pero primero vamos a ver unas imágenes DESAGRADABLES, PASMOSAS, RE-PUGNANTES y ¡ASQUEROSAS! de una nueva artista que rompe moldes, el *perejil* de todas las salsas, la nueva chica de moda...

¡No! ¿Iba a sacar los trapos sucios de un invitado otra vez?

Moira sonrió y anunció a la cámara:

—¡ÁLEXX K+K!

Álex levantó dos dedos en señal de **PAZ**. Parecía muy tranquila. Entonces, Moira buscó con la mirada a la chica del ascensor, quien asintió con la cabeza.

—Vamos a descubrir lo que hay detrás de un K+K —continuó Moira—. ¡Ya verán qué sorpresa!

Nos quedamos helados. ¿Qué podía haber descubierto Moira?

Lo sabríamos ¡a la vuelta de la PUBLICIDAD!

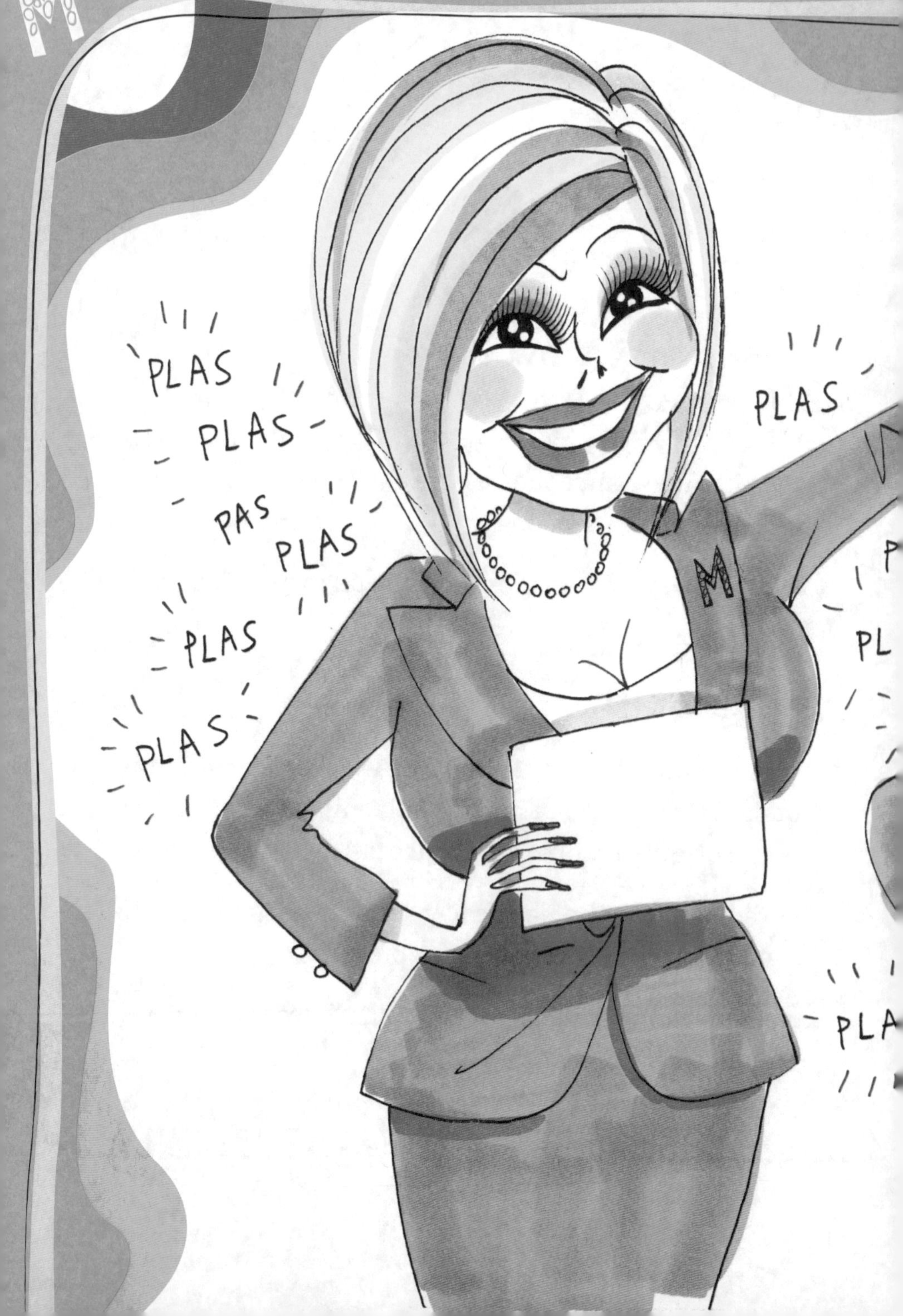
PLAS
PLAS
PAS
PLAS
PLAS
PLAS
PLAS
M

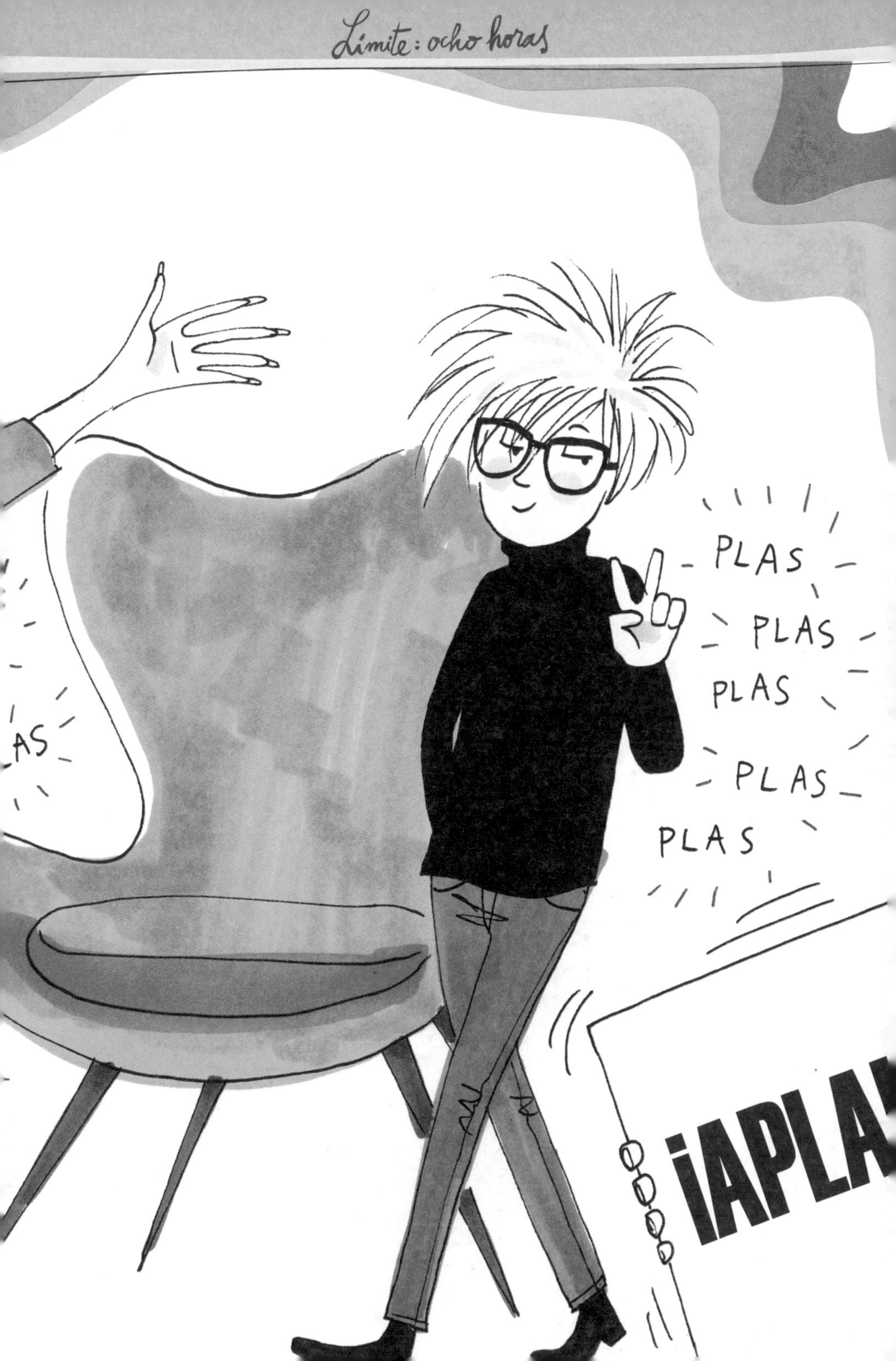
Límite: ocho horas
LAS
PLAS
PLAS
PLAS
PLAS
PLAS
¡APLA

Dress Code in Manhattan

En inglés, el *Dress Code* es el código de vestimenta para acudir a un evento (o cómo hay que ir vestido a cada lugar).

Fiesta elegante
en el
Upper East Side

MET GALA

Gala benéfica
en el Met

Álex 1 - Moira 0

Aprovechando los anuncios, Álex hizo una pequeña escapada *al baño* y, a la vuelta, nos tranquilizó.

—Está todo controlado, je, je —dijo.

—Pero esta vez no nos *chafes* la exclusiva de Moira, *porfa* —suplicó Liseta.

Marc consultó, inquieto, su reloj: menos de **CUATRO** horas... y ni rastro de exclusivas u otras pistas de la desaparición del alcalde.

TRES, DOS, UNO... ¡DENTRO!

El programa arrancó otra vez.

—Ha llegado el momento de revelar una nueva verdad —exclamó Moira—. ¡Dentro vídeo!

En ese momento, contuvimos la respiración, cerramos los ojos y... oímos al público *partirse* de risa.

Liseta fue la primera en atreverse a abrir los ojos.

—Pero ¡si es Moira More!

Realmente, no era fácil reconocerla, porque hablaba muy raro.

—¿Me hazz preparado mi peluca, zzo zzzángana? —decía la Moira del vídeo rascándose el cuero cabelludo.

—Sí, Moira, y también la dentadura **POSTIZA**.

—Dámela, *plizz*, pero hazzz el favor de quitar tuzzz manazzas de mi cabolo.

¡El público se **TRONCHABA**! ¡Ya no hacía falta el cartel de **APLAUSOS**!

Moira se levantó como una flecha y trató de tapar la pantalla, pero Álex se le adelantó y se dirigió a la cámara, apartando a la presentadora.

—Sí, señoras y señores, **¡ÉSTA ES LA VERDAD!** ¡La de Moira More sin truquitos, sin dientes y con cuatro **PELOS**!

Moira estaba furiosa y trató de sacar a Álex de delante de las cámaras a empujones.

—¡Quita de aquí, artista de pacotilla! ¡k+kRUTI! ¡k+kRUTA! Aquí la única que dice las verdades soy **YO**.

Álex se defendió con una llave que lanzó a Moira a un metro de la pantalla.

—Pues va a ser que no —exclamó—. ¡**DENTRO VÍDEO**!

En el siguiente vídeo, una Moira sin peluca se hurgaba entre los dientes con un palillo mientras la peluquera le daba instrucciones.

—Ahí, Moira, un poco más abajo; ya casi está... Tienes un trozo de **LECHUGA GIGANTE**, vamos, la lechuga entera, entre los dos premolares.

PLAS
PLAS

—¡Arghhhh! ¡No puedo! ¡Mejor me zzzaco lozz
    dientezzz y azzí zzzaco mejor la LECHUGA!

El público dejó escapar un **«ARGHHHHHH»** de asco.
¡Y tampoco hubo que poner ningún cartel! Moira se levantó y trató de tapar a Álex otra vez, pero entonces entró *Kira*
para defender a Álex y se enganchó con los dientes en la
peluca de Moira (sin querer, ¿eh?).

¡Qué éxito tenía ese día el programa de Moira! La gente aplaudía a rabiar y **Álex K+K** dijo:

—Pues va a ser que la entrevista ha terminado. ¿Qué tal sienta lo de *Aquí te pillo, aquí te mato*, Moira?

Álex y *Kira* salieron del plató saludando al público mientras éste las aplaudía hasta dolerle las manos.

PLAS
PLAS

La chica del ascensor entró como un cohete.

—¡Moira! Que dice el jefe que te quites la dentadura y la peluca, que sin ellas ¡la audiencia SUBE... aún más!

—*Ezzo ezztá hecho* —dijo la presentadora, sin saber si reír o llorar por no haber podido dar su exclusiva.

Marc, Liseta y yo nos miramos desolados. Nos habíamos quedado, de nuevo, sin exclusiva. ¡Y ni idea de dónde podía estar el alcalde! Álex y *Kira* se acercaron hasta nosotros.

—Lo siento —se disculpó Álex—. ¡No he podido aguantarme! Seguro que el alcalde aparece, ¡ya veréis!

Marc miró su reloj contrariado. Se había **AGOTADO** el tiempo. Y adiós a la pista de Moira More. Entonces, **LCDA** se volvió hacia nosotros con cara de malas pulgas, y un teléfono en la mano.

—Tenéis una llamada urgente. *O sea*, que os pongáis.

Moira dio un respingo cuando escuchó lo de «urgente» y estiró la oreja todo lo que pudo. Al otro lado del teléfono reconocí la voz de Zía. Tía Lou y ella acababan de llegar a la gala con Paul y Matilde.

—¡Zoé! Tenéis que venir **YA**, ¡algo **MUY** raro está pasando **AQUÍ**! ¡Y tiene que ver con lo de Central Park!

Salimos pitando, ¡claro!

Álex 1 - Moira 0

Las notas de Marc

Imprescindibles de N. Y.

Empire State Building

Construido en 1931, es uno de los rascacielos más emblemáticos de N. Y., y fue durante años el edificio más alto del mundo.

Broadway

Es la calle más conocida de N. Y., donde se concentran la mayoría de los teatros.

Rockefeller Center

Complejo de edificios construido antes de la segunda guerra mundial por la familia Rockefeller. Además de tiendas y del **Radio City Music Hall**, tiene una pista de patinaje, y allí se coloca cada año un enorme abeto de navidad.

La alfombra roja

Zía no estaba equivocada. Nada más llegar a la Estatua de la Libertad, nos quedamos sin habla.

Todo parecía a punto para una gran noche: los focos, los fotógrafos, la alfombra roja. Todo estaba precioso, reluciente, deslumbrante... especialmente un *enoooooorme* cartel en la entrada que en lugar de la gala anunciaba:

LIBERTY STATES
Tómese la libertad de vivir en el mejor sitio de Nueva York.
¡En la misma Estatua de la Libertad!
Hoy, presentación exclusiva con la asistencia de todos los famosos.
¡No se quede sin su apartamento!
Una nueva promoción de INMOFORRING, su constructora de confianza.

Esto era el colmo. Además de Central Park, ¡la Estatua de la Libertad! ¡Si el alcalde no hubiera desaparecido, habría parado aquella locura!

Zía daba saltos de impaciencia.

—¡Rápido! Matilde y Paul están atendiendo a los periodistas como pueden...

Fuimos hasta la alfombra roja, donde Matilde y Paul trataban de poner buena cara.

¡¡FLASH, FLASH, FLASH!!

Pero los otros periodistas intentaban sacarles un titular.

—¡Matilde! —preguntó uno—. ¿Eres la musa de InmoForring?

Matilde negó, sorprendida.

—¡No! ¡Nunca! ¡Jamás!

Afortunadamente, llegaron otros invitados: Jana Banana del brazo de Bill Brochagord'.

¡¡FLASH, FLASH, FLASH!!

—¡Bill! —gritó otra periodista—. ¿Alguna declaración sobre los apartamentos en la Estatua de la Libertad?

—El arrrrte... no se puede urbanizar. —Y se fue con Jana, mirando a las bombillas del techo.

Marc y yo miramos a Álex, ¡pues lo había hecho muy bien como **Álex K+K**! Entonces, un estornudo de Marc nos puso sobre aviso... **¡AMANDA!** ¡Y del brazo de **Mr. Goodman**! Así que ése era su *misterioso* visitante...

¡¡FLASH, FLASH, FLASH!!

—He venido a acompañar a mi querido *Goodie* —explicó Amanda sonriendo y poniendo posturitas para las fotos—. Yo soy la chica **TOP** en la que se inspiró para escribir su libro, ¿verdad, *darling*?

Y antes de que su *darling* pudiera decir nada, todos los fotógrafos se volvieron hacia la puerta y dejaron a Amanda compuesta y sin fotos. ¡Había llegado otro invitado!

¡Y vaya sorpresa!

Era... ¡el **ALCALDE**!, y parecía de excelente humor.

—¡Alcalde, alcalde! —gritaron los periodistas—. ¿Dónde se había metido? ¿Es verdad que estaba en casa de Bill Brochagord'?

Pero antes de que el alcalde diera una respuesta, llegó corriendo, despeinada y sin demasiado glamour por las prisas, la que faltaba: Moira More, dispuesta a llevarse el **POULICHER**. ¡Y acompañada por su *inseparable* chica del ascensor!

¡¡FLASH, FLASH, FLASH!!

—Moira —le preguntó una colega—, ¿vas detrás de alguna exclusiva?

—La más grande de mi carrera —respondió Moira—. Y tiene que ver con **ESTE** señor.

Y entonces, Moira señaló hacia donde estábamos todos. ¡Vaya lío! ¿A quién se refería con «éste»? ¿A Bill? ¿A Mr. Goodman? ¿Al alcalde? Antes de que Moira pudiera sacarnos de dudas, Henry Goodman soltó el brazo de Amanda y salió disparado. ¡Y el alcalde, también!

No nos quedó más remedio que salir corriendo detrás de los dos...

Las notas de Marc

La Estatua de la Libertad

Fue un regalo del pueblo francés para conmemorar los cien años de la Declaración de la Independencia de Estados Unidos.

Mide casi cien metros, si contamos la base.

Se hizo en un taller de París y se transportó en trozos en un barco... hasta Nueva York.

En París existe una pequeña réplica, ubicada en el río Sena.

Tiene un mirador en la corona de la estatua.

Con Amanda en los talones

Mr. Goodman y el alcalde corrían escaleras arriba, por dentro de la estatua, como dos conejos perseguidos.

—¡Rápido! —exclamó la chica del ascensor—. Van hacia el último piso; subamos por el *ascensor*.

—Qué obviedad —señaló Marc, aunque se apretujó junto a la chica, Moira, Amanda, Álex, Marc, Liseta, Zía, *Kira* y yo.

—Esto parece el metro en hora punta —se quejó Amanda—. Aunque yo qué sé, si nunca voy en él.

—¡Al último piso! —ordenó Moira.

Cuando se cerraron las puertas, Moira y Amanda se examinaron de arriba abajo.

—Amanda, *amooore*, tienes que saber que tu *Goodie* es un **FRAUDE** total.

Hubo un silencio.

—Pues si empezamos con las verdades, déjame que te diga otra —contraatacó Amanda—: deberías cambiar de peluquero.

¡Vaya par *de amigas*! Moira apretó los dientes y la alcachofa del micrófono, pero no dijo nada.

¡¡GLUPS!!

Entonces se abrieron las puertas y, rauda como un relámpago, Amanda pegó un empujón a Moira y consiguió salir la primera. Fuera, Henry Goodman y el alcalde trepaban por la corona hacia lo más alto cuando...

—¡**GOODIE!** —gritó Amanda, y salió corriendo hacia ellos. Se echó en brazos de Mr. Goodman con tanto impulso que él se tambaleó por encima de la barandilla, precipitándose al vacío y arrastrando a Amanda y al alcalde con él ¡por encima de la corona de la Estatua de la Libertad!

¡GLUPS!

Afortunadamente, no tuvimos tiempo ni de asustarnos. Una voz nos *tranquilizó* de inmediato.

—¡SOCORRO! ¡Estamos aquí!

¡Vaya panorama!

Mr. Goodman colgaba en el aire, aferrándose a uno de los picos de la corona. De él, agarrada desesperadamente a sus tobillos, colgaba Amanda. Y como remate, de los zapatos LUVUTÁN de Amanda colgaba... el alcalde, como si fuera el último adorno en un árbol de Navidad.

Salimos corriendo para ayudarlos pero, de repente...

—¡Alto ahí! —dijo la chica del ascensor, deteniéndonos con el brazo—. Esto es una **EXCLUSIVA** de *Aquí te pillo, aquí te mato.*

¡No nos dejaba pasar!

Moira aprovechó para colocarse en el borde, como la *salvadora,* tendiéndoles, en vez de la mano... la alcachofa del micrófono.

—¡En exclusiva para *Aquí te pillo, aquí te mato*! —gritó—. ¡A mí no me la das con queso, **GOODMAN**! O confiesas, o cumplo a rajatabla el lema de mi programa y te piso los nudillos.

Nos quedamos de piedra. Moira, en lugar salvarlos, trataba de dar **¡UNA EXCLUSIVA!** ¿Creía que así le iban a dar el POULICHER?

—¡Soy una buena persona! —gimió Mr. Goodman—. ¿Qué quieres que confiese, que de vez en cuando me doy un atracón de chucherías? ¡Pues vale! ¿Y quién no?

—**¡DESEMBUCHA!** —insistió Moira acercándole la alcachofa del micrófono—. ¡Canta *La Traviatta*!*

—¡Suéltalo ya de una vez, *Goodie*! —gritó Amanda, que se escurría poco a poco y, aunque trataba de no caerse, colgaba ya de los cordones de los zapatos de Mr. Goodman—. O esta loca gana el POULICHER, o tú y yo, un disgusto...

La situación era **DESESPERADA**. ¡Teníamos que hacer algo! Pero ¿qué? La chica del ascensor nos tenía completamente bloqueados.

—¡Habla, *Goodie*, habla! —suplicó Amanda.

Mr. Goodman dudó, pero entonces a Amanda se le escurrió uno de los cordones y casi le arranca un zapato.

—¡Está bien! —aceptó Mr. Goodman. Moira le acercó la *alcachofa* y él confesó—: **NO** me gustan las judías verdes, es más, las **ODIO**. Paso de comida sana, ¡**VIVA** el colesterol!

—Pero ¿qué dice este hombre? —preguntó Álex—. ¿Se ha vuelto loco?

—Está confesando —dijo Liseta—. Escucha, escucha lo que dice...

—Me dan **ASCO** las coles de Bruselas, las acelgas y las espinacas, ¡ecs! —Mr. Goodman había cogido carrerilla y ya no había quien lo parase—. Y lo de *Come, Bebe y Ronca a pierna suelta* me lo escribió mi mami, que es también la autora de *Cómo ser una chica Top en diez minutos*... ¡BUAAAAAAAA!

¡Era increíble!

—Pero ¿qué birria de exclusiva es ésta? —insistió Álex.

A Moira no le parecía tan mala: sonreía satisfecha hacia la cámara que sujetaba la chica del ascensor.

—Ya lo han oído —dijo—: el escritor más vendido del mundo es el más *vendido*, en el peor sentido de la palabra. Los libros se los escribe... su **MAMÁ**. ¡QUÉ BOCHORNO!

Moira tomó aire y siguió con lo suyo.

—No se vayan porque no hemos terminado. Hoy, en *Aquí te pillo, aquí te mato*, tenemos con nosotros a otro invitado de lujo.

—¡Moira, corta el rollo, que nos la pegamos! —gritó Amanda—. ¡Di que es el alcalde de una vez!

Amanda estaba perdiendo la paciencia y... uno de sus zapatos, que se precipitó al vacío a toda velocidad. ¡Se nos pusieron los pelos **DE PUNTA**!

*La Traviatta

Ópera de Verdi basada en la obra de Alejandro Dumas, *La dama de las Camelias*.

¡Se iban a caer!

La confesión

La cosa se había puesto **MUY** fea.

Moira seguía con su programa, en directo, mientras Amanda, Mr. Goodman y el alcalde colgaban, al límite de sus fuerzas, de uno de los picos de la corona de la Estatua de la Libertad.

—¡Socorrooooooo! —gritó el alcalde—. ¡No quiero morir por culpa de unos chalados!

Moira se rió sin piedad y dirigió su alcachofa hacia él.

—¡No se preocupe, que ahora le toca el turno a usted! A ver, ¿dónde estaba? ¿Secuestrado, o de **PARRANDA**?

El alcalde se aferraba a uno de los LUVUTÁN de Amanda, sin confesar **NADA**. Mientras, Amanda se estiraba cada vez más, como uno de los chicles de Álex.

—¡Moira! ¡Dame la maaaaaano! —gritó desencajada—. ¡Y te paso el teléfono de mi peluqueroooooo!

Pero Moira únicamente tendía... el micrófono. Quería que el alcalde le diera su **EXCLUSIVA**, por fin.

—¡Sólo hablaré en presencia de mi abogado! —gritó el alcalde.

—Pues dígale que venga volando —respondió la reina de la tele con burla.

—¡Alcalde, basta ya de tonterías! ¡Confiese! ¿Dónde estaba? —exigió Amanda.

—¡Eso! —añadió Mr. Goodman—. ¡Que nos la vamos a pegar!

Todo era inútil. No había manera. No funcionaba nada. El alcalde prefería pegarse el gran tortazo antes que reconocer qué había pasado. Y Moira era la única que los podía *salvar*.

Liseta, Zía, Marc y yo nos miramos impotentes. Entonces, ¡tuve una **IDEA**! Aprovechando un despiste de la chica del ascensor, y con ayuda de Marc y Liseta, conseguimos colar a Álex cerca de Moira y los tres *colgantes*.

—Recuerda —le dije—, tienes que sonar convincente. Métete en la piel de **Álex K+K** otra vez.

Álex asintió y se acercó al borde. ¡Qué miedo!

—¡Alcalde! —gritó—. Le habla **Álex K+K**, en nombre de Bill Brochagord'. Si quiere que el cuadro sea para usted, suéltelo todo de una vez.

¡Y FUNCIONÓ!

El alcalde lo soltó todo delante de la alcachofa de Moira e hizo una confesión completa: se había encerrado en casa con el móvil apagado para que InmoForring pudiera empezar las obras porque le habían prometido, a cambio, el cuadro de Bill Brochagord'. ¡Ah!, y además, no se lavaba los dientes, y llevaba los bolsillos llenos de piruletas, y un día, había pegado un moco... ¡Era un auténtico **DELINCUENTE**!

Al final, Álex había tenido razón...

¡Vaya PANDILLA!

De vuelta al gallinero

Por fin, ¡todo había terminado!

No hubo Gala del Arte pero Central Park y la Estatua de la Libertad continuaron siendo los lugares maravillosos a los que podía ir **TODO** el mundo (incluidos los patos, je, je). Y los periódicos dejaron de hablar de **Álex K+K** y de Matilde (por un tiempo) y *otros* ocuparon los titulares.

The Niuyor Taims

NEW YORK, SATURDAY, SEPTEMBER, 15, 2012

QUE NO LO HABÍAN RAPTADO, ¡QUE ESTABA DE PARRANDA!

81A3860
ALCALDE
6'0" 200lbs
DATE 14/9/2012

El alcalde de la ciudad ha reaparecido después de dos días sin dar señales de vida y ha vuelto a desaparecer para los próximos veinte años en una celda de la prisión de SING SING.

Lo primero que ha hecho el nuevo alcalde ha sido detener los planes de Inmo-Forring de convertir Central Park y la Estatua de la Libertad en lujosos apartamentos.

¡Pero no sólo eso!

Mr. GOODMAN también había recibido su merecido: su madre había reclamado que se reconociera su trabajo y, por fin, había ido a firmar ella misma a la librería de tía Lou. Ya estaba preparando un nuevo éxito, *Cómo deshacerse de los hijos mayores de treinta y cinco años en diez minutos*. ¡BIEN!

Y Moira... no ganó el POULICHER. Al contrario, acabó haciendo compañía al alcalde en la misma *urbanización*. Pero había terminado por sacarle... algún provecho.

¡EL MAGAZINE QUE NO TE DEJA ESCAPAR!

THE PRISON GERALD

¡REVOLUCIÓN EN LAS CELDAS!

Moira **MORE** y *Cadena perpetua*, su nuevo programa desde la cárcel, no acaba de convencer al público.

Hoy entrevistan a una familia de carteristas que van a dar la **EXCLUSIVA** de cómo robar una cartera por arte de magia.

A las ocho, desde la celda 8, galería 8.

La vida seguía; desaparecían unas estrellas y otras se elevaban en el firmamento...

¡♡h, Cuore tuyo!

NUEVO PROGRAMA DE LA CHICA DEL ASCENSOR

¡Ha nacido una estrella! **LCDA** arrasa con su nuevo programa y destrona a la reina de la tele **Lena LESS**. **Lena** está que trina y ha declarado que ella «ya era una estrella cuando esta lagarta todavía se limpiaba los mocos en la manga». *Less* suena de algo, ¿verdad?

Y Amanda... bueno, había dejado Nueva York y su apartamento del Dakota. ¡Decía que tenía demasiados *fantasmas*!

Nosotros habíamos conseguido salvar el parque, así que había llegado el momento de volver al gallinero. Pero nos quedaba una última tarde en la ciudad para pasar en familia Zía, Matilde y yo. Matilde y Zía son algo así como *primas* gracias a mí.

—¡Qué pena! —exclamé—. Matilde habría sido la musa más guapa y elegante de la Gala de las Artes... si hubiera habido gala.

—¡Bueno, bueno, no exageres! —dijo Matilde, riéndose.

—¡Es verdad! —añadió Zía—. Eres la **MEJOR**.

Entonces alguien, acercándose por detrás, se sumó a nuestra conversación.

—¡Tienen toda la razón!

¡¡¡PAPÁ!!!

¡Por los pelos! Pero, al final, papá había venido.

—Zoé, esta vez os acompañaré a La Banda de vuelta a casa pero, ya que estoy en la ciudad, me gustaría añadir a mi colección una nueva obra —dijo, guiñándome el ojo—: un **K+K**, me han dicho que es lo más.

—Yo soy su representante —le dije, riéndome—, y he guardado la mejor de las obras para ti.

Kira había salido a dar una vuelta pero vendría en cuanto me oyera silbar y llamarla.

—*¡Kira!*

—¡No puede ser! —exclamó papá—. El *Canus contemporaneus niuyorquensis*, ¡qué **BARBARIDAD**! ¡Si es la pieza más codiciada!

—Pues es para ti —le dije—. Eeeemm... Sólo tiene un fallo: ¡tienes que conseguir que se quede quieta!

Justo entonces, *Kira* llegó corriendo y se subió encima de papá para darle la bienvenida. ¡Con las dos patas!

¡Sería IMPOSIBLE volver a colocarla en su pedestal!

CONSIGUE EL CARNET DE
La Banda de Zoé

Hazlo tú misma.

1. Recorta esta página por la línea de puntos y pega tu foto en el recuadro.

2. Rellena los datos... y echa una firma en la línea de puntos.

¡YA tienes tu Carnet de La Banda de Zoé!

Ahora sólo te falta un caso por resolver...

La Banda de Zoé

Nombre
....

Me chifla
....

No soporto
....

....

LA PRÓXIMA AVENTURA
DE LA BANDA DE ZOÉ

Será en... ¡Roma!

Zoé y sus amigos vivirán una trepidante aventura en medio de las obras de arte del Coliseo romano, aunque, conociéndoles, podéis imaginar que Álex aprovechará para zamparse un buen plato de *spaghetti*.

Piedras milenarias, las colinas de Roma... y el Tíber. Liseta *casi* se volverá loca con la elegancia de los italianos y Marc vivirá una experiencia increíble rodeado de tanta belleza y cultura.

¡Acompáñalos en su viaje
por la Roma antigua y moderna!

¡Consigue tu carnet de La Banda de Zoé!
www.labandadezoe.com